東京しるしのある風景

松田青子

河出書房新社

はじめに

二年間にわたり、東京二十三区の風景印を集めました。この本は、二十三区にある風景印をすべて網羅しているわけではまったくなく、その時々、天候や私の調子、その区の風景印具合（風景印の数や郵便局の位置）を総合して鑑みて、無理のない範囲で、自由に集めた個人的な記録です。なので、情報収集としては、役に立たないところが多分にあります。もしこの本を読んで、少しでも風景印に興味を持っていただけたなら、ぜひいろいろ調べてみてください。地域のことなどもわかって、とても楽しいです。

私は基本的に出不精な人間なのですが、この連載のおかげで、毎月最低でも一日だけは強制的に遠出することになり、その頃は特に夜行性だったもので、夕方には閉まってしまう郵便局に行くために早起きするのが無性につらい時もありましたが、終わってみると、二十三区すべてに、部分的ではあれ、足を踏み入れたことがある、ということが、妙な自信になりました。この連載がなければ、おそらく十以下の区しか行ったことがないままだったと思います。

今では、東京以外でも、国内旅行でほかの街を訪れた時など、郵便局に寄って風景印をもらうようになり、楽しみが一つ増えました。風景印収集は地味な趣味かもしれませんが、確実に喜びの一つのかたちです。

お忙しい中、風景印を押してくれた郵便局員さんたちにも、とても感謝しています。手元をじっと見つめ続けて本当にすみませんでした。

二〇一七年八月一日

松田青子

目次

番外編

東京　しるしのある風景

千代田区

二十三区にまつわる連載と聞いた時に、はじめに思い浮かんだのは風景印のことだった。私は切手やご当地スタンプを集めるのがわりと好きなのだが、だったら風景印を集めたらいいのではないかと言われることがたまにあり、ずっと気になっていたのだ。

風景印は郵便局で押してもらえるスタンプのことだ。郵便局がない区はないので、風景印がない区もないはずだ。

風景印にまつわる知識はまったくなかったが、まずは取材がてら、千代田区の風景印をもらいに行ってみることにした。ショートストーリーでもエッセイでもいいということだったので、取材しながら考えようと思った。

集合は、**神田郵便局**[1]。

ついて来てくれたのは、風景印収集が趣味の編集者Oさんだ。以前、収集をはじめたばかりの頃のOさんに、「生きる張り合いができました」と、風景印が押されたモレスキンのポケットサイズのノートを、打ち合わせの最中に突然見せられたことがある。本当に幸せそうで、そんなに良いものなのか、と感心した覚えがある。私は一度も郵便局で風景印をもらったことがなく、勝手がまったくわからないので、今日めぐる郵便局はOさんが選んでくれた。

神田郵便局に入ると、

「では、準備しましょう」

と、Oさんがかばんから無地のカードと切手を出す。カードは、情報カードと呼ばれる、どこの文房具店でも売られているも

①神田郵便局

のだ。最近はノートではなく、カードに切手を貼って、そこに風景印を押してもらうスタイルを採用しているらしい。季節的に梅の切手はどうかとOさんに提案されるまま、カードの左上のあたりに切手を貼り、いざカウンターへ。

「風景印お願いします」

Oさんが言うと、局員さんは「はい」と立ち上がり、後ろの方にある金庫から、赤茶色の小箱と小さなアルミの蓋みたいなものを出してくる。アルミの蓋は、レストランでお店の人がぱっと開けると、中からおいしい料理が出現するあれに似ていた。

しかし、局員さんが蓋をぱっと開けると、出てきたのは大きな朱肉。続いて赤茶色の小箱から風景印を取り出し準備万端整えた局員さんが、こちらが差し出したカードを見て、

「どこに押しますか？」

と聞く。まさか質問されるとは、と私がたじろいでいると、Oさんがきっぱりとした口調で、

「右下に押してください」

と答える。

「右下ですね」

確認した後、局員さんは慣れた手つきで二人分の風景印を押してくれた。はじめての風景印をゲット。うれしい。神田郵便局の風景印は、ニコライ堂と聖橋《ひじりばし》の図案だった。風景印は無料のサービスなので、感謝の気持ちも込めて、Oさんはできるだけその場で切手など何かしら買うことにしているそうだ。

せっかくなので、私もピーターラビットの切手シートをこの郵便局で買った。あと、「名所めぐり東京」というハガキと切手のセットが、風景印とマッチするので、このハガキに切手を貼り、風景印を押してもらえば、三点セットとして完成するのでとてもいいと思う、とOさんに言われ、そうすることにした。

神田郵便局を出て、次に向かうは、**小川町郵便局**[②]。古本屋や地図専門店のマップハウス、出版社の白水社が近くにある。マップハウスで人工衛星の柄のしおりを

②小川町郵便局

何枚か買った。
　ここの風景印は、神田郵便局の図案とは別角度のニコライ堂、古本街、本の図案。本の表紙には「科学」「文化」とか書かれていて、細かい。このテイスト、とても好きだ。風景印も郵便局によって、それぞれ個性があるんだな。偶然貼った切手が、太田喜二郎の「窓辺読書」という、女の人が本を読んでいる柄だったので、ぴったりだった。決まった！　という誇らしい気持ちが胸の内に湧き上がる。近くにあるニコライ堂も見学。

　スタートが遅かったのでいそぐことになり、ホテルニューオータニ内の郵便局にタクシーで向かう途中、**麹町郵便局**③で一瞬私だけ降ろしてもらい、ダッシュで風景印を押してもらう。ここで「名所めぐり東京」のハガキと切手のセットをはじめて使うこ

③麹町郵便局

とができ、桜の千鳥が淵の三点セットが完成。

④**ホテルニューオータニ内郵便局**は、地下の診療所や歯科医院の奥にあった。普段だったら、存在に気づかなかったかもしれない。図案には「ホテルニューオータニ内」と書かれている。

あとで行く郵便局の風景印にぴったりだから買っておいた方がいいとOさんに言われ、売られていた新幹線鉄道開業50周年の切手シートを買う。

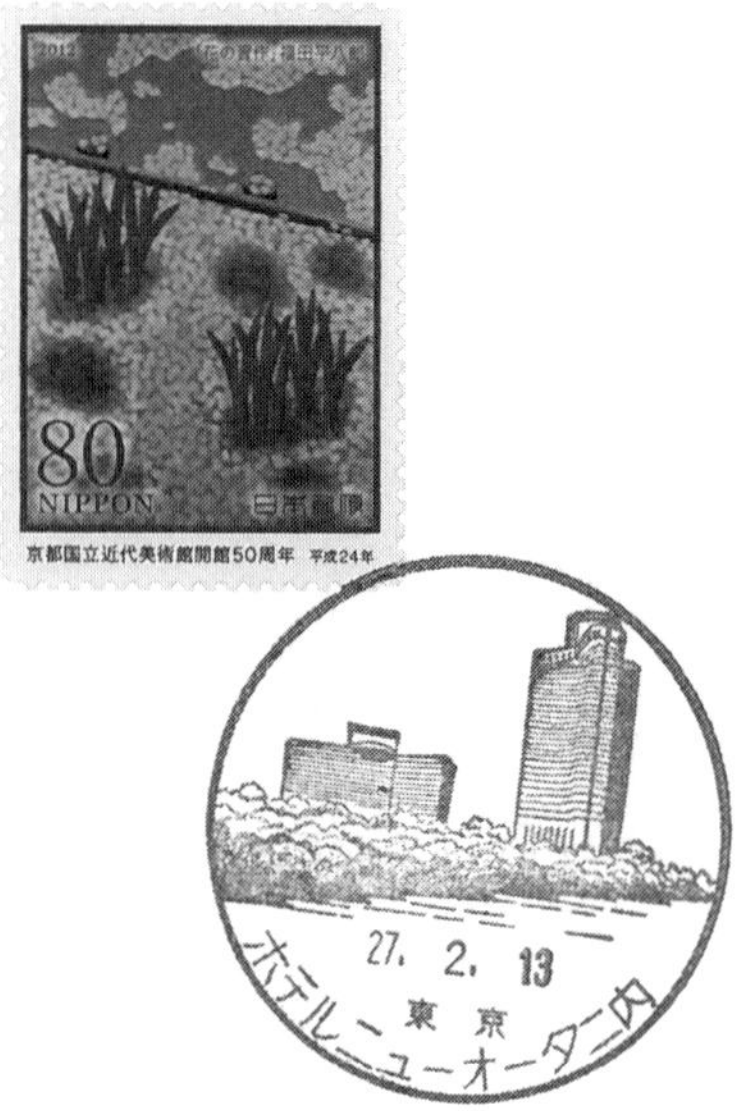

④ホテルニューオータニ内郵便局

そしてここから、怒濤の「〇〇内」郵便局めぐりがはじまった。

まず、⑤**最高裁判所内郵便局**。あの巨大な、おっかない建物の片隅に、まさか郵便局があったとは。ごつごつした岩の建物の隅にいつもの郵便局マークを発見した時は、少しシュールでさえあった。

図案はもちろん最高裁判所だ。空模様のせいか、少し物々しい感じがある。

風景印をもらって外に出たら、警備員さんに「おつかれさまでした」と敬礼された。へらへら風景印をもらっただけだったので、少し動揺した。

続いて、**国会内郵便局**⑥。あの巨大な、おっかない建物の片隅に（以下略）。

これも「名所めぐり東京」にあったので、そっちを使用。

帝国ホテル内郵便局に向かう前に、**千代田霞が関郵便局**⑦にちょっと寄る。

ここは日本郵政グループの本社、つまり郵便の聖地だからはずすわけにはいかないと〇さん。これまでに集めた風景印はすべて円形だったけど、ここは変形印だった。図案に描かれている天球儀つきのポストが、実際郵便局の外にある。

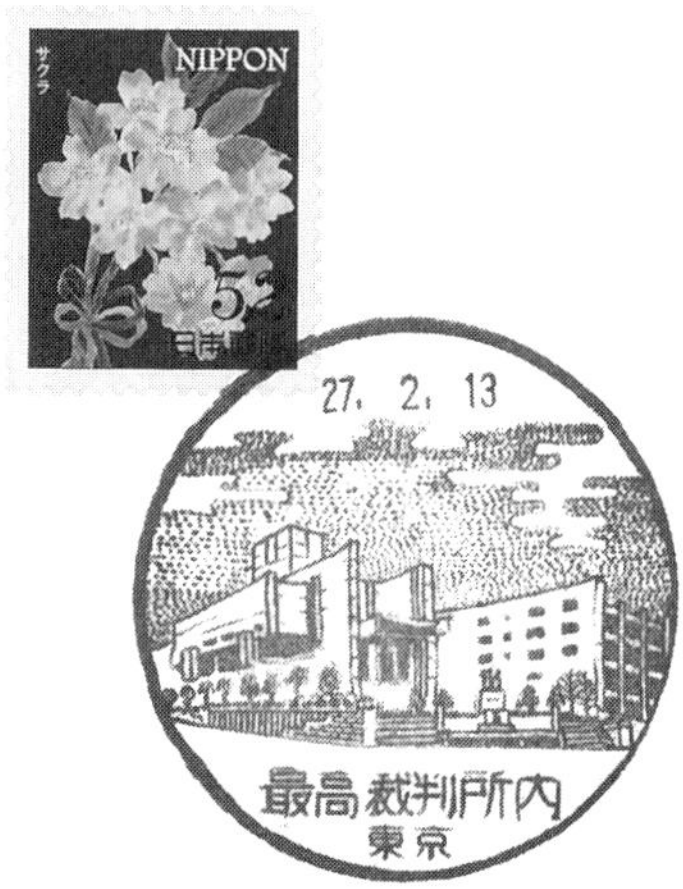

⑤最高裁判所内郵便局

このあたりでもう、ショートストーリーにするのは、おそらく無理っぽいなと判断。それぞれの目的で郵便局に訪れた人々が、ふと風景印に出会う物語をなんとなくイメージして、いい感じだな！　と悦に入っていたのだが、実のところ、風景印はそもそも「ふと」出会えるようなものじゃなかった。ほとんどの場合、郵便局には「風景印あります」などと、「冷やし中華はじめました」のごとくわかりやすい貼り紙が出ているわけでもないし、はっきりとした意志を持って、「風景印お願いします」と言わないと、風景印には出会えない。

というわけで、今、私はエッセイのようなものを書いているわけだが、タクシーは一路帝国ホテルへ。

タクシーの中で、Oさんと、

⑥国会内郵便局

「帝国ホテルには、インペリアルホットケーキとインペリアルコーヒーがありますね」

「あ、そういうメニューがあるんですか」

「いや、ぼくがそう呼んでいるだけです」

「ああ、そうなんですか」

「コーヒーはインフィニティコーヒーなんですかね」

「なんですか、それ」

「何杯でもおかわりできるコーヒーのことです」

「あ、そういう言い方があるんですか」

「いや、ぼくがそう呼んでいるだけです」

「ああ、そうなんですか」

というやりとりがあり、よくわからない気持ちになった。

⑧**帝国ホテル内郵便局**は一階の片隅にあった。ここでも「名所めぐり東京」セットを使用。

⑦千代田霞が関郵便局

土木学会創立100周年切手シートの図案が素晴らしかったので買う。

次の**東京交通会館内郵便局**⑨も一階の片隅。ギリギリ五時に滑り込み。

○○内郵便局をいくつもめぐってみてしみじみ思ったが、千代田区の建物はスケールがでかい。その片隅に小さな郵便局があり、さらにその片隅で風景印という存在が、「風景印お願いします」と誰かに言われるまで、ひっそりと待っている。最初に行った神田郵便局の局員さんに聞いたところ、平日は風景印をもらいに来る人はほとんどいないらしい。

東京交通会館内郵便局の風景印の図案は新幹線なので、さっきホテルニューオータニ内郵便局で買った新幹線の切手に登場してもらう。

「私、あんまり得意じゃないですが、いいですか？」

⑧帝国ホテル内郵便局

と、局員さんが風景印を押す前に不安を吐露されたが、結果は、すごくきれいに押せていた。確かに、私も局員だったら、プレッシャーを感じると思う。私なら、できる限り押したくないし、できる限り誰かに任せたい。私は風景印から逃げ回る局員になるはずだ。風景印を押すのが上手な局員さん、下手な局員さんがいるというのは、お寺や神社で朱印をもらうときの感じに似ている。

⑨東京交通会館内郵便局

最後に、今日のゴールとして、**東京中央郵便局**[10]まで歩く。もうすっかり暗く、光を放つオフィスビルの無数の窓に圧倒される。

東京中央郵便局は五時を過ぎても開いている。「名所めぐり東京」のＫＩＴＴＥのハガキに風景印を押してもらった。今日は「名所めぐり東京」のセットを四枚使うことができた。これからも持ち歩くようにして、ちゃんとコンプリートしたい。

ここまで来たら、標本と剥製の天国こと、ＪＰタワーのインターメディアテクに行かずに帰るわけにはいかないので、寄る。こんな夢みたいな場所が入場無料だなんて、毎回信じられない気持ちになる。これまでは昼間にしか来たことがなかったのだが、夜はまた雰囲気が違って、とても良かった。ガラスの目を輝かせた剥製の動物たちの後ろで、オフィスビルがきらきらと光っていた。

⑩東京中央郵便局

千 代 田 区

①神田郵便局

〒101-8799　東京都千代田区神田淡路町２－12

②小川町郵便局

〒101-0052　東京都千代田区神田小川町３－22

③麴町郵便局

〒102-8799　東京都千代田区九段南４－５－９

④ホテルニューオータニ内郵便局

〒102-0094　東京都千代田区紀尾井町４－１

⑤最高裁判所内郵便局

〒102-0092　東京都千代田区隼町４－２

⑥国会内郵便局

〒100-0014　東京都千代田区永田町１－７－１

⑦千代田霞が関郵便局

〒100-0013　東京都千代田区霞が関１－３－２

⑧帝国ホテル内郵便局

〒100-0011　東京都千代田区内幸町１－１－１

⑨東京交通会館内郵便局

〒100-0006　東京都千代田区有楽町２－10－１

⑩東京中央郵便局

〒100-8994　東京都千代田区丸の内２－７－２

中央区

中央区のどこに行こうかなあと、風景印が置いてある郵便局が網羅されている地図を見ていたら、ＩＢＭのビルの中にある郵便局に風景印が設置されていることに気がついた。私はかつてそのすぐ近くにあるビルで働いていたことがあり、休憩時間にＩＢＭの中にあるタリーズに行ったりしていたのだが、思い返せば、確かに入ってすぐのところに郵便局があった気がする。これはもしかしてＩＢＭのビルの図案なんじゃないだろうか、そんなの欲しいだろ！

というわけで、水天宮前駅に到着。

仕事を辞めてからもうだいぶ経つが、さすがに迷わずＩＢＭのビルまで一瞬でたどり着く。

①**ＩＢＭ箱崎ビル内郵便局**で早速風景印を押してもらう。

やっぱりＩＢＭのビルの図案だ！　しかも隅田川と箱崎ジャンクションもある！　これはこの街で私が働いていた時の三大好きなものと言っても過言ではない。

まず、ＩＢＭのビルは大きくて好きだ。そして、かたちの揃った小さな窓がずらずらっと一面に並んでいるところが壮観で好きだ。仕事の休憩時間、もしくは仕事が終わった後に、隅田川沿いからＩＢＭのビルを眺めるのが好きだった。

箱崎ジャンクションは私が働いていたビルのほとんど真横を通っていたので、窓からかなりよく見えた。階数が違うと見える高さが変わるので、各階から眺めて楽しんでいた。

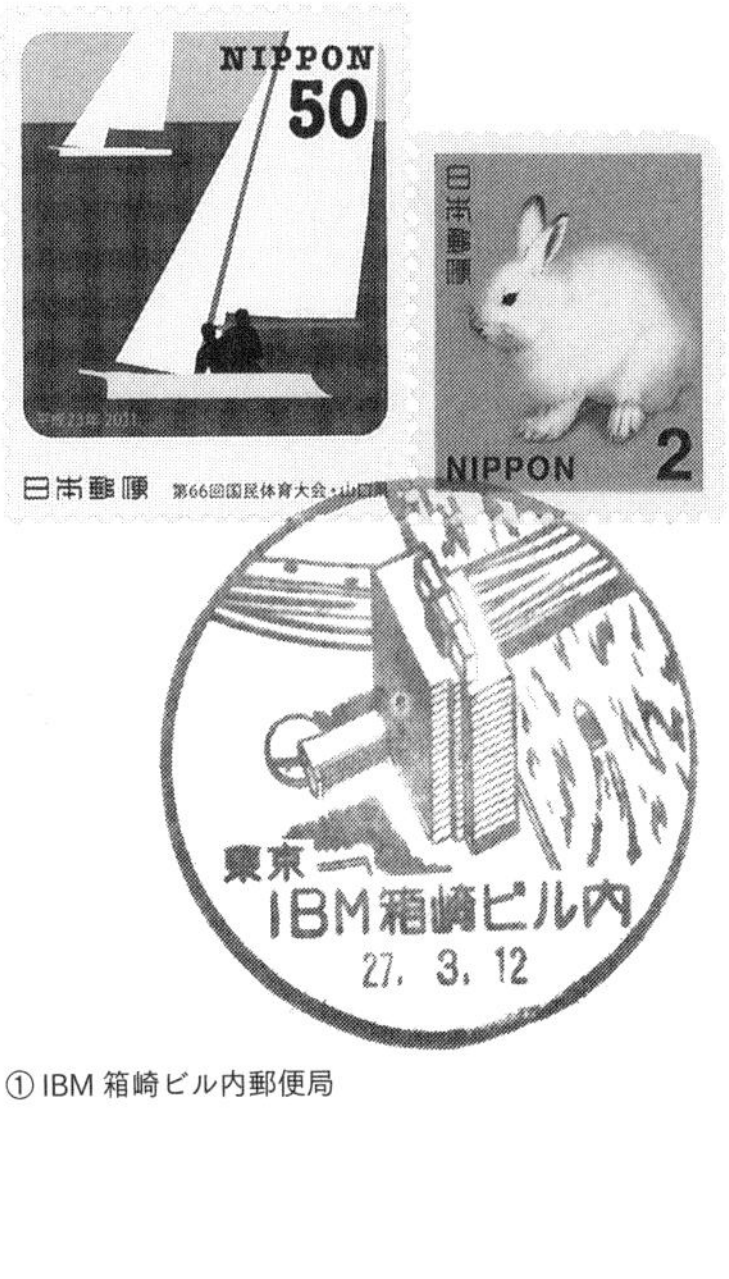

① IBM 箱崎ビル内郵便局

今思えば、箱崎ジャンクションを眺めるためにつくられたようなビルだった。もうこのビルに入ることができないのが残念でならない。入りたい。

せっかくなので、隅田川に出る。隅田川は水のボリュームが圧倒的だ。あと柵が低いから、水が近い。歩いていると、水の猛威を感じて、ぞわぞわしてくる。

そのまま隅田川沿いを歩き、新川方面へ。この地で働いていた時の同僚にこの地名と同じ名字の人がいたのだが、彼女がものすごく真面目な顔で、「(同じ名前なのに) どうしてあの街私にくれないんですかね」と勤務中に言ったことを思い出し、懐かしい気持ちになる。

②中央新川郵便局と**③中央新川二郵便局**でそれぞれ風景印をもらう。

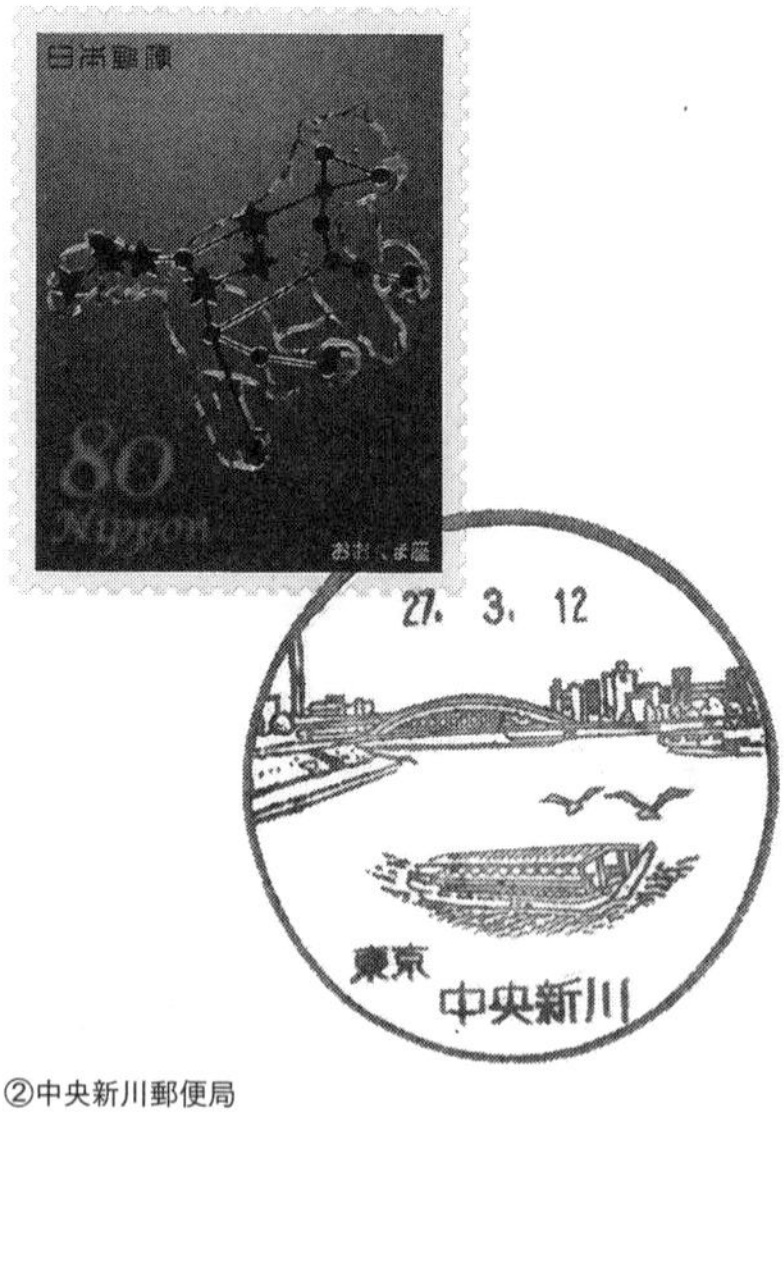

②中央新川郵便局

別の角度だけど、どちらも永代橋の図案だ。

片方の局員さんに、

「自分で押しますか?」

と三回くらい言われて、びびる。そんなのありなの?

「いえ、お願いします、いえ、お願いします、いえ、お願いします」

小さな声で繰り返した。きっとその人も押したくなかったに違いない。私も押したくなかった。

③中央新川二郵便局

④**日本橋茅場町郵便局**で風景印をもらう。図案は日本橋と其《き》角《かく》住居跡の石碑、桜とすずらん。
そのまま歩いているうちに、⑤**日本橋小網町郵便局**に行き当たったので、ここでも風景印をもらう。

図案は、東京証券取引所と鎧橋。

④日本橋茅場町郵便局

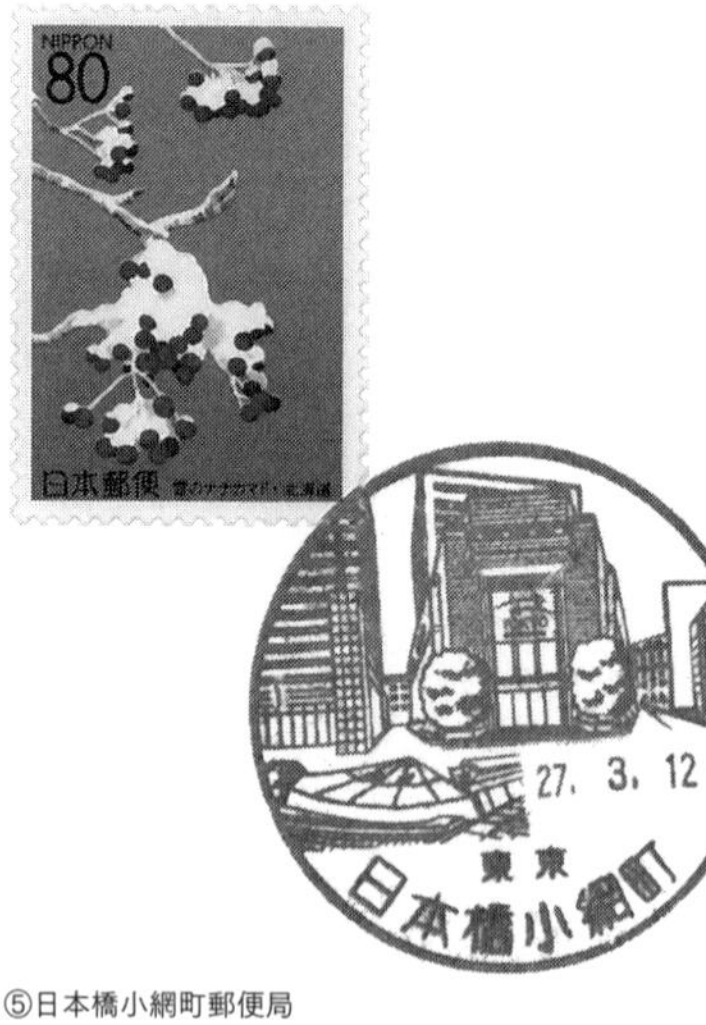

⑤日本橋小網町郵便局

そして、かつてこの街で働いていた時に暇を見つけては歩き回っていた人形町へ到着。行きたいお店の名前で心の中がいっぱいになる。

まず、初音で白玉あんみつを食べる。人形町に来て、初音に行かないわけにはいかなかった。

それから、かつて昼ご飯のパンをよく買っていたサンドウィッチパーラーまつむらまで歩くと、まっすぐ向こうにさっき行った日本橋茅場町郵便局が見える。

こんなに近くにある場所だったのか、と不思議な気持ちになった。この街に毎日通っていた頃は、まったく気がついていなかった。

サンドウィッチパーラーまつむらはいつ行っても同じ店員のおじいさんがいるので、この人はさすがに働きすぎじゃないだろうかと内心思っていたら、ある日、その頃テレビで放送されていた人形町の特集をなんとなく見ていたら、双子のおじいさんだったことがわかって、驚いたことがある。

すぐ近くの⑥**日本橋人形町郵便局**でも風景印をもらった。人形町だから人形の図案かなと思い日本人形の切手を貼ってみたが、人形の図案じゃなかった。でも、決まった時間になると人形が出てくるからくり時計の図案だった。あとは商店街の街並み。

それから、⑦**中央人形町二郵便局**を探

⑥日本橋人形町郵便局

して、しばしさまよう。

さまよったあげく、あ、中央人形町二郵便局って、あのよくお金を下ろしてたあそこか！　と思い出し、たどり着いてみるとまさにそこだった。

一階はＡＴＭだけ。はじめて階段で二階に上がると、局員さんたちが全員にこやかに迎えてくれる。

甘酒横丁のけやき並木の図案の風景印を押してくれながら、「いいご趣味ですね」と局員さんが褒めてくれた。

最後に、**東京シティターミナル内郵便局**⑧で風景印をもらって帰ろうと、シティエアターミナルに入るが、郵便局が見つからず、またまたさまよう。別館にあると書いてあるが、別館がわからない。

⑦中央人形町二郵便局

あ、あのうどん屋の隣か！　と思い出し、行ってみるとまさしくそこだった。地図を見ずに、自分が覚えている郵便局を回った方が早かったのかもしれない。郵便局は日常に溶け込んでいるので、いざ地図を見ながら行こうとすると、すぐに結びつかなかった。名前を覚えていないことも多いし。

　東京シティターミナル内郵便局の局員さんは非常に落ち着いていて、風景印を両手で押している自分の腕時計を見て、時間を確認する余裕さえあった。結構その瞬間ぐっと集中するように押す人が多い印象があり、その最中にほかの動作を組み込んだ人ははじめてで、なんだかすごく格好良く見えた。しかも出来上がりもとてもきれい。

　以前働いていた土地、というアドバンテージをまったく活かせなかったが、久しぶりにこの街に来ることができて、とてもうれしかった。これからもたまに遊びに来たい。

⑧東京シティターミナル内郵便局

中 央 区

① IBM 箱崎ビル内郵便局

〒 103-0015　東京都中央区日本橋箱崎町 19－21

②中央新川郵便局

〒 104-0033　東京都中央区新川 1 － 9 －11

③中央新川二郵便局

〒 104-0033　東京都中央区新川 2 －15－11

④日本橋茅場町郵便局

〒 103-0025　東京都中央区日本橋茅場町 2 － 4 － 6

⑤日本橋小網町郵便局

〒 103-0016　東京都中央区日本橋小網町 11－ 5

⑥日本橋人形町郵便局

〒 103-0013　東京都中央区日本橋人形町 1 － 5 －10

⑦中央人形町二郵便局

〒 103-0013　東京都中央区日本橋人形町 2 －15－ 1

⑧東京シティターミナル内郵便局

〒 103-0015　東京都中央区日本橋箱崎町 22－ 1

港区

三月三十一日。『サンドラの週末』の試写を見るため映画館の位置を調べてみると、港区だ。

それならと思い、風景印を押すカードと適当な切手を二、三枚引っつかみ、早めに出かけることにする。

試写会をやる映画館の近くで風景印が置かれている郵便局は二つある。

だいたい同じくらいの距離だったので、まず①**東京ミッドタウン郵便局**へ。歩いているうちに暑くなり、途中でコートを脱いだぐらい暖かな日だ。

東京ミッドタウンは建物が何棟にも分かれているので、当然迷う。地下からそのまま行けるはずだったのだが、わけがわからなくなり、一度地上に出た。地上に出てからも迷った。

ようやくたどり着いた郵便局はタワーの三階にあった。

早速押してもらう。

さっき私が迷った場所、東京ミッドタウンの図案である。じっと見ていると、建物がウエハースやバームクーヘンのように見えてくる。

そして今の季節にぴったりな桜の花。花びらが散っていて、爽やか。郵便局の風景印は一年中同じものを使っているのに、この風景印のように、季節を限定する花（区の花ではなく。港区の花は、ハナミズキと紫陽花《あじさい》と薔薇らしい）を気にせず図案にしている郵便局が時々あって、潔いなと思う。

最近どこへ行っても売り切れている、「野菜とくだものシリーズ第3集」の82円切手を買いたかったが、ここも売り切れ。

①東京ミッドタウン郵便局

東京ミッドタウンを離れ、今度は六本木ヒルズに向かう。②**六本木ヒルズ郵便局**は森タワーにあるらしいが、本当にあるのだろうか。あの森タワーのどこに郵便局があるというのだろう。

不安になりながら、森タワーにたどり着き、中に入る。お前ここに用事ないだろと、はじき返されそうなロビーに戸惑い、受付カウンターの女性に、

「あの、郵便局って……（ないですよね）？」

と及び腰で質問。

すると、

「上の階です」

とあっさり郵便局までの行き方を説明してくれる。はじき返されなかった、私。

妙に明るい気持ちになりながら、エレベーターで六階へ。

②六本木ヒルズ郵便局

郵便局としては、かなり上の階にある方ではないだろうか。ちなみに五階はレストラン街、四階はファッションと雑貨のフロアだ。ホテルやお店が入っているビルの郵便局は地下一階に静かに生息しているパターンが多いが、上にあるパターンもあるのだなと思った。

六階に到着し、クリニックなどと一緒に並んでいる郵便局で風景印を押してもらう。もちろん六本木ヒルズの図案だ。後ろの方のビル群の、簡素化された表現も、空虚でいい。この郵便局の朱肉は今が旬という感じで、細かいところまでにじまず鮮明でうれしい。えらそうなことは言えませんが、そろそろ朱肉を換えた方が良いのではないかと正直思ってしまう郵便局もたまにあることが、三回目にしてわかってきた。朱肉が古くて、押してもらった風景印が薄かったり、ちゃんと図案が出ていなかったりすると、結構切ない。

ミッションを終え、試写が行われる映画館に移動。

時間があったので、隣の中華料理屋で野菜炒め定食を食べた。そもそもの目的、『サンドラの週末』は素晴らしい映画だった。みんな見たらいいと思う。

四月八日。『インヒアレント・ヴァイス』の試写を見るため映画館の位置を調べてみると、港区だ。

それならと思い、風景印を押すカードと適当な切手を二、三枚引っつかみ、早めに出かけることにする。

試写室があるのは、内幸町《うちさいわいちょう》。歩いて回れそうな郵便局は、**新橋郵便局**③と、汐留シティセンター郵便局だ。ただ、いかんせん雨が激しく降っている。いやだなあと思いながら、新橋駅で下りる。

とりあえず新橋郵便局を目指そうとするのだが、駅から五分と書いてあるのに、いまだにスマートフォンのグーグルマップやほかの道案内アプリと折り合いが悪いため、ものすごく迷う。開口一番「北西に向かってください」と音声ガイドに言われてもわからない。乱暴だよ。山が見える方が北、海が見える方が南と、すぐ見える目印があ

③新橋郵便局

る神戸でもないのに。

雨の中、何度か違う方向に行ってから、ようやく地図を理解し、ぼろぼろの気持ちで新橋郵便局にたどり着く。

押してもらった風景印は機関車や何かの碑、何かの柱（雨で気力を失った心中お察しください）。

押してもらっている間に、「野菜とくだものシリーズ第３集」の82円切手がこの郵便局ではまだ売られているのを発見し、やったー、と買う。このシリーズは、もう図案にできる野菜と果物がなくなるまで、この世の野菜と果物をすべて図案にし尽くすまで、続けていただきたい。シンプルでとても好き。はじめのシリーズが発売された時の、いいものが出た！　という、胸のときめきを忘れない。

雨じゃなかったら汐留まで行ったかもしれないけど、心がもう折れていたので行くのをやめ、内幸町へ向かった。この道中でも迷った。

ミッションを終え、試写が行われる映画館に移動。

時間があったので、隣のビルの喫茶店でお茶をした。そもそもの目的、『インヒアレント・ヴァイス』は、心が折れていたせいかもしれないが、久しぶりに映画で眠くなりました。

港 区

①東京ミッドタウン郵便局

〒107-6203　東京都港区赤坂９－７－１

②六本木ヒルズ郵便局

〒106-6106　東京都港区六本木６－10－１
六本木ヒルズ森タワー

③新橋郵便局

〒105-0004　東京都港区新橋１－６－９

新宿区

牛込神楽坂《うしごめかぐらざか》駅で降りる。この駅、はじめて来た。今日の郵便局は、新宿区に風景印が多くて、どこに行くべきか迷ったので、第一回目を一緒に回ってくれたOさんにセレクトしてもらった。

少し歩いて、**牛込郵便局**[1]へ向かう。

今日は風景印をもらうほかに、ムーミン切手を買うのも目標にしている（私はトーベ・ヤンソンのことがとても好きで、しかも年々愛が増していく。最近では、評伝などを読んだことにより、誰かとトーベ・ヤンソンについて話すことがあると、「その作品は……」「その頃のトーベは……」と、まるでさも見てきたかのように語るようになってしまった）。

ちょうど切手が発売される頃に仕事でアメリカにおり、日本に帰ってきてからも、ばたばたしているうちに買い逃していたので、今日は絶好の機会だ。

到着した牛込郵便局には、残念ながら、ムーミン切手の52円の方しかなかった。こういう人気シリーズの切手は、私の勝手な印象だが、なぜ82円から売り切れるのだろう。82円切手から売り切れるという法則がもしあるのなら、最初の段階から82円切手を多めに刷っておくというのはどうだろうか。多めに刷っていてもこうなのだろうか。

などと思いながら、52円のムーミン切手を買う。そして、風景印を押してもらう。ムーミン切手のシートはとても素敵で、買ったばかりで惜しかったので、違う切手を貼ったカードに。

ここの風景印は、とても地味な図案で好感を持った。

①牛込郵便局

そもそも風景印の図案は同じ区にあるものという大きな共通項以外は、個々には関係性のないものを組み合わせていることが多いが、これは特に関係性が見えない。「ここに描かれている絵をすべて使って文章を作りなさい」という作文問題を出せそうだ（後で調べたところ、夏目漱石ゆかりの猫塚や、箱根山などの図案らしい）。

電車を乗り換えて、次は**新宿北郵便局**②へ。

ここでも82円のムーミン切手は売り切れていたが、六月発売の特殊切手を紹介するチラシを見て、思わず「はっ！」と声を上げてしまう。夏のグリーティング切手が貝殻の図案なのである。常々この世界にもっと貝殻柄のものを増やして欲しい、貝殻最高！　と思っているので、非常にうれしい。この切手を買うために生まれてきたんじゃないかと一瞬本気で考えたくらいうれしい。ダース買いしたい。

風景印を押してもらっている間に、さらにチラシを熟読。世界遺産シリーズ第8集「富

②新宿北郵便局

岡製糸場と絹産業遺産群」も楽しみだ。

そして局員さんが押してくれた風景印を見て、ちょっとあっけにとられる。

このテイストははじめてだ。老舗の洋菓子店とかで長年使われている包装紙のような雰囲気がある。誰に聞けばいいのかわからないが、どういうことなのか聞いてみたい気持ちにさせられた。すごく好きだ。


再び電車に乗って、今度は**四谷郵便局**③へ。82円のムーミン切手はまたもやなかったが、貝殻切手のおかげで気持ちがにこにこしている。

ここの風景印は、あれの柄である。あれというのは、オリンピックのために最近取り壊された国立競技場、つまり、もう存在しない建物の図案なのだ。この風景印も近いうちに変更される可能性が高いので、今のうちにも

③四谷郵便局

らっておいたほうがいいと、Oさんが言っていた。
なるほど、こういうこともあるのかと、しみじみと風景印の国立競技場を見るが、妙に平べったいなという感想しかない。かたちが少しUFOみたいにも見え、UFOが地球から飛び去っていったんだなと思った。

今回訪れた郵便局は、三軒とも大きさと間取りがなんとなく似ていて、後で思い出す時にごっちゃになった。局員さんがカウンターではなく、部屋の奥の方で風景印を押して、また持ってきてくれたところも一緒だった。なので、風景印を押す時の手元を見る楽しみはなかったが、遠くの方で風景印を押してもらっている雰囲気を楽しんだ。
せっかくなので、少し歩いて国立競技場の工事現場を見に行ってみるが、背の高い壁が立てられていて、あんまり中が見えなかった（ちなみに、この本を刊行してくれた河出書房新社のビルがすぐ近くにあり、このビルの上の階からは、工事の様子がつぶさに見える）。横にあったスケートリンクに冬になったら来たいと思った。

引き返して、四谷三丁目のフルーツパーラーフクナガに向かうが、途中で通りかかった消防博物館に惹かれ、ふらふらと入る。ここすごいね！　ここは子どもが喜ぶよ。だってヘリコプターにも乗れるし、消防車にも乗れるもん。実際、館内には、子ども連れの人が多かった。あんまりゆっくり見て回る時間はなかったけれど、火消し棒のいろんなバージョンがずらっと並んでいる、五階の「消防の夜明け（江戸の火消）」コーナーが心に残った。何かのはじまりを「夜明け」と表現するのも昔から面白いなと思っている。

最後、前から一度来てみたかったフルーツパーラーフクナガで、フルーツサンドとアボカドサンドを食べて帰った。おいしかった。

新宿区

①牛込郵便局

〒162-8799　東京都新宿区北山伏町１－５

②新宿北郵便局

〒169-8799　東京都新宿区大久保３－14－８

③四谷郵便局

〒160-0016　東京都新宿区信濃町 31

文京区

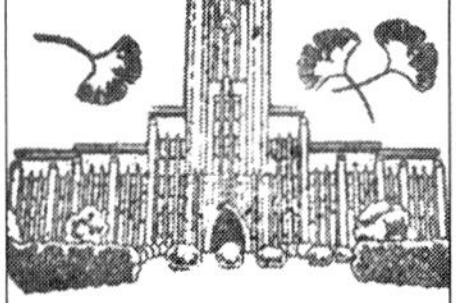

午前九時過ぎ、白山駅到着。

今日の一番の目的は、八百屋お七の風景印である。めちゃくちゃ欲しい。これさえ手に入れれば、とりあえずミッションは完了、ぐらいの勢いだ。

とはいえ、せっかくなので、駅からすぐの白山神社に行ってみる。

境内の貼り紙によると、「あじさいまつり」が終わったばかりとのことだが、まだまだたくさん、いろんな色の紫陽花が咲いている。そういえば、紫陽花を見るのは、今年はじめてだ。黒猫がピンク色の紫陽花の茂みの奥に消えていった。今日は朱印帳も持ってきていたので、朱印をお願いする。

紫陽花を見たら、行く予定のなかった郵便局に行きたくなった。そこの風景印は紫陽花の図案らしいのだ。なので、計画とは反対の道を進む。

東洋大学を過ぎてしばらくすると、[①]**文京白山五郵便局**が見えてくる。

中に入って、開口一番、

「52円の紫陽花の切手はないですか?」

と聞いてみる。どうせなら、紫陽花で合わせたいと思ったから。

応対してくれた女性局員さんは、

「うーん、ないかもしれないですねえ」

と言いながら、ストックを調べてくれる。

少ししてから、

「これならありますけど、82円切手です」

と、切手シートを一枚見せてくれる。「おもてなしの花シリーズ第3集」だ。これは前から欲しいと思っていたシートだったので、買う。その場で紫陽花の切手をカードに貼っ

①文京白山五郵便局

て、風景印をお願いすると、こちらの意図を理解したらしく、

「82円になってしまって、すみません」

と、局員さん（風景印が押せるのは、ハガキの郵便料金以上の切手だ）。

すっごくいい人！　52円の紫陽花の切手がないのは、この局員さんのせいじゃないのに！

しかも、風景印を押した後、

「これ、風景印の簡単な説明です」

と、印刷した小さな紙を渡してくださる。その紙によると、図案は、「鶏声の井旧跡碑とあじさいの花」、さらには「「昔土井大炊頭利勝（古河藩主）の宅地辺、夜毎に鶏の声ありし、とかく尋ぬるに利勝が屋敷の内、地中の声あり、某所をうがちみるに金の鶏を掘出せり、依てかく名付くる由」と『江戸切子』にある」とゆかりも書かれていた。不思議な話だな。

局員さんは、説明の紙と一緒に、インクがにじまないよう上から押さえる紙をつけて、袋にまで入れてくれた。なんですか、この素敵な局員さん、そして郵便局。私、ファンになりました。文京白山五郵便局に幸あれ。

しばらく紫陽花気分を長引かせようと、iPodに入っていた、原由子「あじさいのうた」をリピートしながら、白山駅まで戻る。この歌の入ったアルバムを、中学生の頃よく聴いていた。

そのまま坂を下りて、八百屋お七の墓があるとされる円乗寺へ。

今書いている『おばちゃんたちのいるところ』という連作短編集にも八百屋お七が出てくる予定なので、ぜひとも寄りたかった。私は寺や神社に行っても、お参りせずに朱印だけもらって帰ったりしてしまうこともある人間だが（最低）、お七にはお参りしたいと思った。朱印もお願いした。社務所で売られている、板状の根付のモチーフが何なのかよくわからなかったので、

「これなんですか」

と聞いたところ、朱印を書き終わったばかりのお寺の人は、

「え……はしごです」

と微妙なお返事。

よく見ると、確かにはしごだった。はしごの隙間部分が空間になっていないので、板か

と思った。というか、よく考えれば、はしご以外に何を根付にするというのだ。はしごの根付って超クールなんじゃないか、と思い、買う。火伏お守りも買う。お七グッズが手に入ってうれしい。根付に縁結びと書いてあったのだが、お七で縁結びって、悪いジョークみたいですよね。

ちょっと歩いて、お七ゆかりのお地蔵さんがある大円寺にも行く。すぐ近くに**文京白山**[2]**上郵便局**があり、ここも風景印がある郵便局だったので、風景印を押してもらった。東大の図案だった。

そして、またまた歩いて、とうとう**文京白**[3]**山下郵便局**に到着。

ここの風景印は、はしごに上っているお七の図案だよ！　ザ・乙女ということで、おとめ座の切手にしました。これもお七グッズだと呼べるだろう。

お昼に本郷三丁目の近江屋洋菓子店（＊現

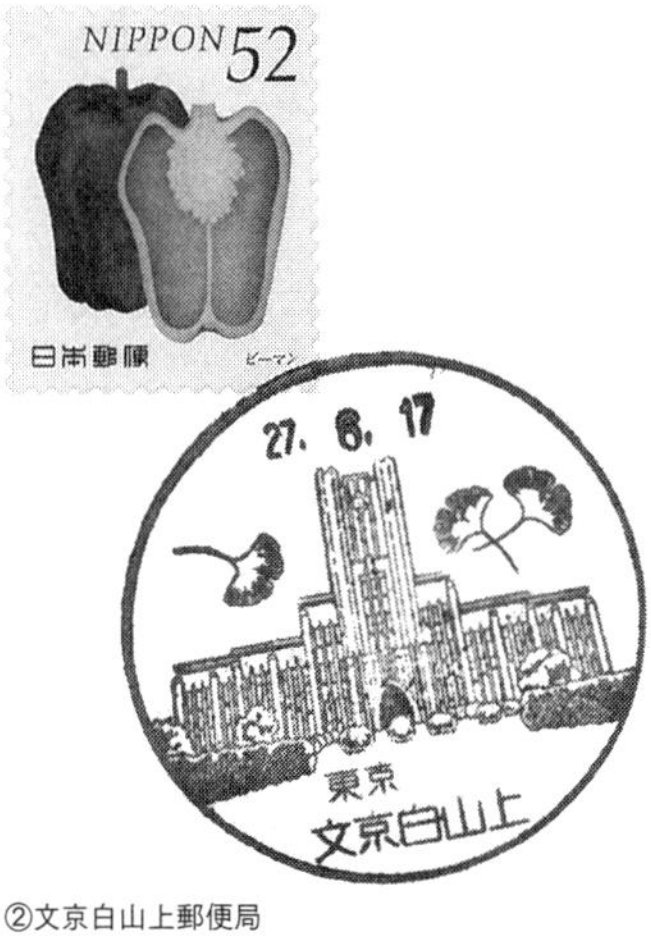

②文京白山上郵便局

在は閉店）で打ち合わせがあったので、坂をどんどん下りていく。

ついでに、**本郷五郵便局**④で、樋口一葉の図案の風景印をもらう。そういえば、以前樋口一葉の切手があったなと思い、今もあるか聞いてみたが、さすがになかった。

図案に描かれている、郵便局のすぐそばにあるはずの、一葉が通っていた伊勢屋質店も見に行く。あった。

あと、同じく図案に描かれている井戸も見たかったけど、なかなか見つからず、しばら

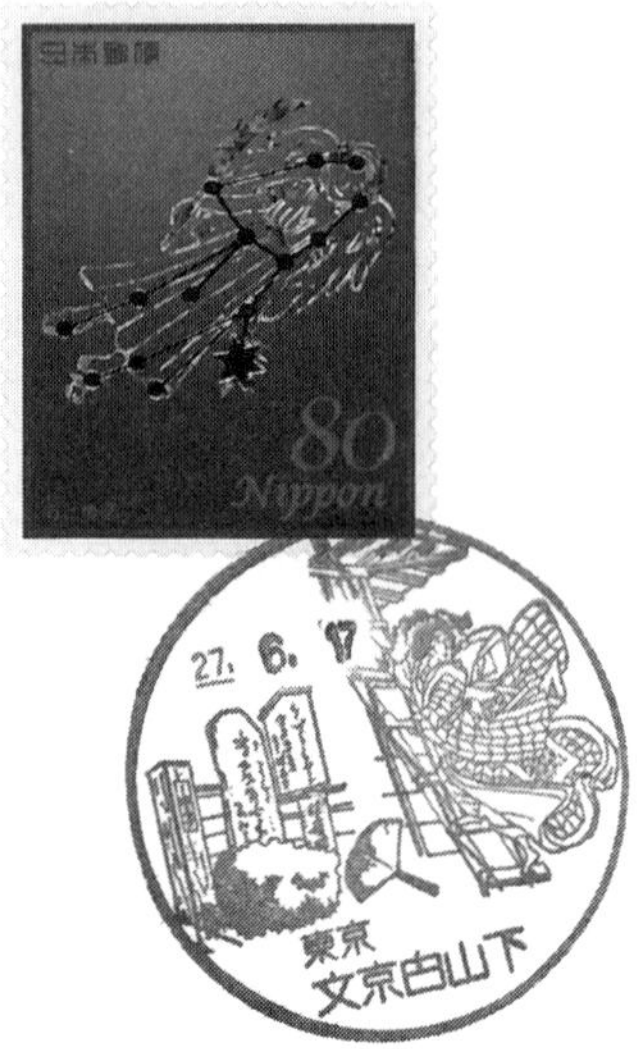

③文京白山下郵便局

④本郷五郵便局

く道で呆然と立ちすくむ。

回覧板らしきものを持って歩いていた、白いポロシャツに白いズボンの、涼しげな装いの年配の男性に声をかけ、このあたりに一葉が使っていた井戸ってありますか？　と聞いたところ、

「うん、あるー、ここの階段を……」

と、流れるようなスピードで教えてくれた。「うん、あるー」がすごく良かった。

言われた通りに行ってみると、一葉の井戸はものすごく小さな路地にひっそりと残っていた。これはあの人に出会えなかったら見つけられなかったと、井戸の前で、感謝の気持ちでいっぱいになった。

この後、シビックセンター内にある**文京春日**⑤**郵便局**でシビックセンターの図案の風景印と、**本郷四郵便局**⑥で東大の赤門の図案の風景印を手

⑤文京春日郵便局

に入れ、近江屋洋菓子店へ。サワーチェリーのタルトを食べた。

打ち合わせの後、時間があったので、恵比寿まで行き、山種美術館で『松園と華麗なる女性画家たち』という展示を見る。小倉遊亀の絵もいくつか展示されていて、ラッキーだった。小倉遊亀の絵は、定期的に見たくなる。特に夏に見ると涼しいし、気持ちが引き締まる。北沢映月の「想」という樋口一葉を描いた絵も展示されていて、あ、さっき井戸を見てきましたと、絵に話しかけそうになった。

⑥本郷四郵便局

文 京 区

①文京白山五郵便局

〒112-0001　東京都文京区白山５－８－11

②文京白山上郵便局

〒113-0023　東京都文京区向丘１－９－16

③文京白山下郵便局

〒113-0001　東京都文京区白山１－11－８

④本郷五郵便局

〒113-0033　東京都文京区本郷５－９－７

⑤文京春日郵便局

〒112-0003　東京都文京区春日１－16－21

⑥本郷四郵便局

〒113-0033　東京都文京区本郷４－２－５

台東区

暑いから無理をしない、が今日の目標だ。台風が接近しているらしく、天気が不安定で、一応傘と雨合羽も持参した。

まずは、アメ横の方向に進み、①**上野駅前郵便局**へ。

早速風景印をお願いすると、女性局員さんが取り出した朱肉のアルミの蓋に、「インク補充しました。風景印を押す際は、必ず試し押しをしてください」と水色の蛍光マーカーで書かれたメモが貼られている。

見ていると、局員さんは、使っているうちに削れたか潰れたかした場所があるのか、判子本体のある部分に横からマチ針をさしてから、押していた。創意工夫と、日頃からの細かいケアを感じた。

「インク補充しました」の言葉に偽りなく、朱肉の具合もばっちりで、できあがりは完璧と言っていいものだった。局員さんの力のかけ方もちょうどいい感じに見えた。上野駅と西郷像とアメ横の細かい図案なのに、一つも潰れた箇所がない。職人技。この郵便局はすごい。


それからまた上野駅に戻ると、逆方向に進み、今度は**上野七郵便局**②へ。

ここは長方形のかたちをした小さな局の真ん中に背もたれなしのソファーがあり、その左右に郵便用のカウンターとそのほかの業務のカウンターが分かれているという、珍しいパターンだった。私ははじめて見た。お客さんが誰もいない時は、左右の局員さんはカウンター越しに見つめ合っているのだろうか。

「ここは何の図案ですか」

①上野駅前郵便局

と局員さんに聞いたところ、

「西郷さんです」

という明快なお答えだったので、なんとなくりょうけん座の切手にする。西郷さんも犬を連れているから。

星座切手はきらきらしているのだが、局員さんのネイルも水色のきらきらで、風景印の図案に合わせたつもりが、むしろ局員さんのネイルとぴったりだった。山（？）の表現がワイルド。

②上野七郵便局

そこからちょっと行くと、**上野郵便局**③だ。ここは大きな局で、研修生が何人か実習中だった。郵便局の外にも中にもパンダのぬいぐるみなどが並べられていて、図案にもパンダがいる。そして三度《みたび》、西郷さん。国立博物館の後ろ、桜に隠れている五重塔の感じが意味深で、物語性を感じる。じっと見ているうちに、映画のポスターのキャスト配置みたいだなと思いはじめた。

風景印を押してもらう時に、カウンターの奥の方から、

「真ん中でいいですか～？」

と局員さんに大きな声で言われて、よくわからないまま、はい、と答えたのだが、あとで見たら、切手が横に長かったので、押す場所に困ったらしい。きれいに真ん中に押してあった。

③上野郵便局

暑いし、この段階でもういいかなと思ったのだが、合羽橋の方に行くと、かっぱの図案の風景印があるということをなんとなく覚えていたので、ついつい浅草方面へ。

まずは、一番近い④**東上野六郵便局**。

郵便局がある角を曲がると、スカイツリーがまっすぐ先に見えた。

風景印をお願いすると、背の高い男性局員さんが、

「練習してから押しますから」

とにっこり。

押してもらうと、かっぱの図案ではなかったけれど、前に地図を見て気になっていた「ゴム工業誕生の地記念碑」の図案だったので、得した気分。あと提灯《ちょうちん》のかたちをした変形印だ。

局内に座って押してもらった風景印を片付けていたら、さっきの局員さんが上野エリアの風景印マップを持ってきてくれた。けれど、かっぱの風景印はのっていない。

「かっぱの風景印はないですか？」

と聞いてみると、

「かっぱの風景印はなかったかも。ああ、でも松が谷かも。この地図には上野周辺しかのっていないから。小さな局だから見逃さないようにね」

④東上野六郵便局

と教えてくれた。

言われた方向に少し行くと、合羽橋の道具街の少し手前に**台東松が谷郵便局**⑤があった。確かにとても小さな郵便局だ。ちょっと古ぼけた感じもいい。

局員さんが淡々と押してくれた風景印は、かっぱ、そして道具街の図案だ。かっぱ、かわいい。うれしい。台東区の局員さんは風景印を押すのが上手な気がする。

その後、前から行平鍋が欲しかったので道具街を少しの間ふらついたが、今日は夜に国会前のデモに行ってみるつもりだったので、鍋を抱えているわけにもいくまいと思い、あきらめる。

せっかくなので上野駅に戻って、国立科学博物館の『生命大躍進展』を見た。とても見応えがあり、大人も子どもも楽しそうだった。こういう展示を見てこそ夏だと思った。常設の展示も最高で、植物の標本が一面に展示されたガラスの壁など、夢のようだった。

⑤台東松が谷郵便局

台 東 区

①上野駅前郵便局

〒110-0005　東京都台東区上野6－15－1

②上野七郵便局

〒110-0005　東京都台東区上野7－9－15

③上野郵便局

〒110-8799　東京都台東区下谷1－5－12

④東上野六郵便局

〒110-0015　東京都台東区東上野6－19－11

⑤台東松が谷郵便局

〒111-0036　東京都台東区松が谷1－2－11

墨田区

そんなつもりは少しもなかったのに、気がつくと、風景印が八つも手の中にあった。墨田区の郵便局の配置が私にそうさせたのだ。

こう暑いなか歩くと生命に関わると思い、今日は一つか二つ、集められればいいかなと思っていた。墨田区といえば両国なので、相撲をモチーフにした風景印を手に入れようと決めた。

なので、今日使わずにいつ使うと、秘蔵のお相撲さん切手をかばんに入れ、相撲の図案であるらしい**墨田両国三郵便局**[①]最寄りの両国駅で下りた。

郵便局の近くには忠臣蔵で有名な吉良邸跡があり、小さな頃からなぜか忠臣蔵が好きなので、うれしかった。討ち入りが決まるまで相手を欺くために、大石内蔵助がしばらくうつけのふりをするところが面白くて気に入っていた。吉良邸跡には、若い人たちがたくさん訪れていた。

墨田両国三郵便局で、早速風景印を押してもらう。相撲の切手に相撲の図案でばっちりだ。

①墨田両国三郵便局

あと一つ、本所郵便局の図案が相撲関係なのでそこだけ行きたかったのだが、それなりに距離があり、しかもその道すがらに風景印を置いている郵便局が三つもあったのが、間違いのはじまりだった。

風景印を集めていると、風景印が置いてある郵便局を素通りするということができなくなる。さっと飛ばしていけばいいじゃないかと思うかもしれないが、どうしてもできない。またすぐ同じ街に来る用事があるかどうかもわからないし、風景印のある郵便局の前を素通りするとかもったいなくて、つらくなる。

そういうわけで、本所郵便局のある東に向かった私は、その道中、**墨田緑町郵便局**②→**墨田江東橋郵便局**③→**墨田太平町郵便局**④という順路で、順調に風景印を手に入れた。

三つとも橋の図案という共通点があった。

墨田緑町郵便局は江戸東京博物館と北斎に関係するもの。

事前に調べた時は図案的にあまり食指が動かなかったのだが、墨田江東橋郵便局の、大横川親水公園と江東橋の図案は、実物を見ると、めちゃくちゃ格好良かった。

しかも局員さんの天才技たるや。非常に美しい出来上がりだ。紺のポロシャツ姿の男性局員

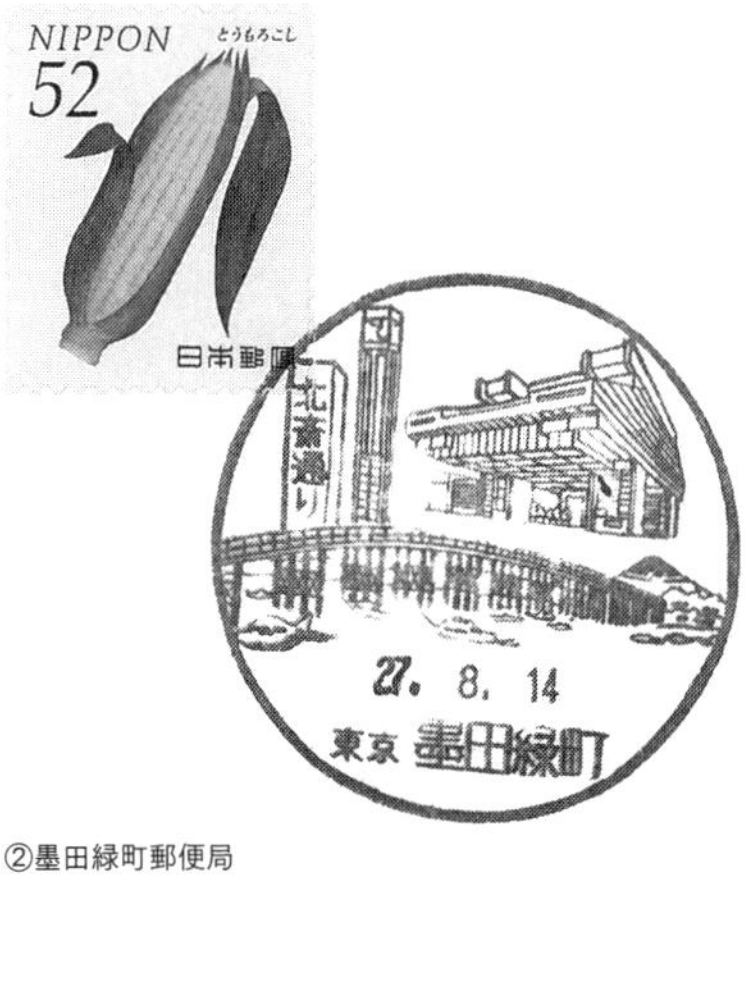

②墨田緑町郵便局

さんが風景印を押す姿が妙に格好良く感じられた。男女問わず、風景印を押すのがうまいのは、確実にポイント高いと思う。

　墨田太平町郵便局の図案も、大衆小説の挿絵みたいでいい。鳥が低く飛んでいるところも叙情的。


　ここまで来ると、スカイツリーが俄然近くに見えはじめる。そのおかげで、ふらふらと引き寄せられるようにスカイツリーの方向に歩いてしまい、だいぶ遠回りしてしまったが、なんとか**本所郵便局**⑤に到着。

　持っている相撲切手が50円だったので、２円のうさぎ切手を足して、窓口の局員さんに提出。

　おかっぱ頭の女性局員さんはしばらくじっと見てから、

「あ、そうか、52円だからか」

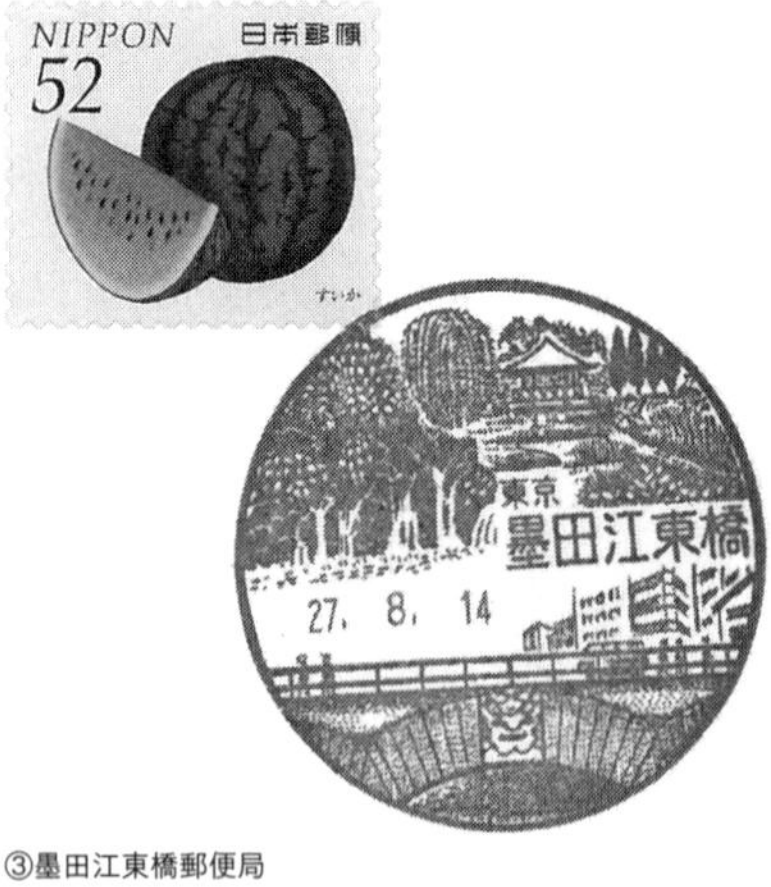

③墨田江東橋郵便局

と納得したように、奥に座っていた年配の男性局員さんに風景印を手渡す。

「両方の切手にかかるように押してくださいね」

と彼に念を押した後、こっちに向かって、親指を立てる。素敵なサムズアップだった。郵便局員さんにサムズアップされてうれしくなる。忘れずにいたい。

ここの郵便局は、土俵の中に国技館とスカイツリーがあるという、独自の世界観を持つ図案だ。土俵の砂の表現が細かい。

これでもう本当に今日の風景印集めはおしまいにしようと思った。

休憩がてら、前から行きたかった桜橋のたもとにある言問団子のお店を初体験する良いチャンスだと思い、早速向かおうとしたのだが、でもそうすると、その道中にまた風景印を置いている郵便局が二つある。

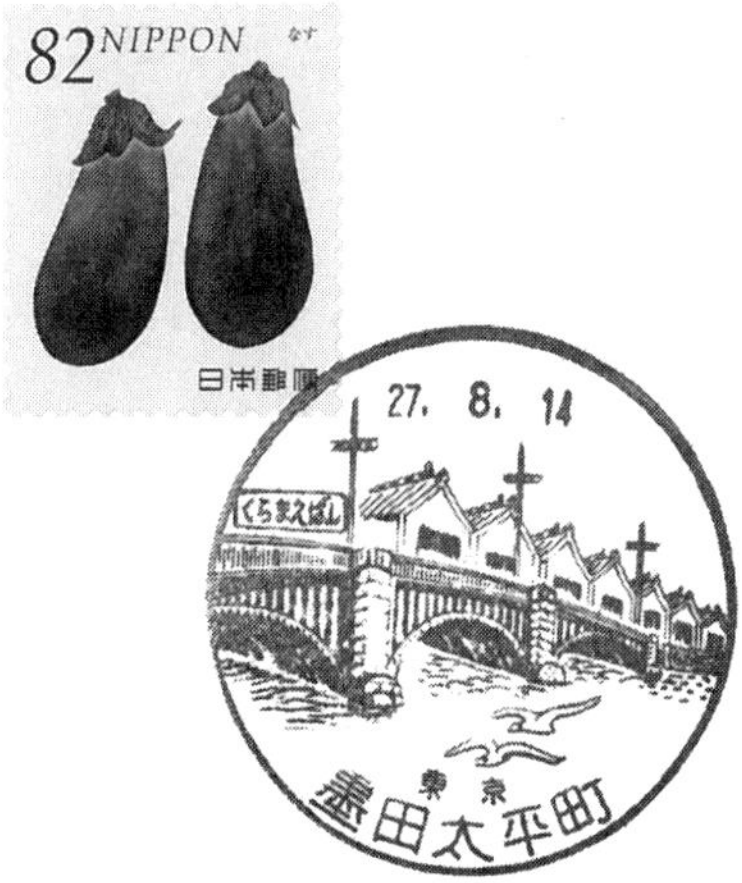

④墨田太平町郵便局

前述の通り、私は我慢ができなかった。

まず、**押上駅前郵便局**⑥で一つ。

持ってきた切手が足りなくなったので、ここでふみの日切手を買い、使う。風景印の図案は、はい、スカイツリーです。

郵便局を出て、スカイツリーの前を通っていく。考えてみれば、こんなにスカイツリーに接近したのははじめてだ。ツリーを越えて少ししたところで、目的地がスカイツリーと書いてある大きな観光バスとすれ違った。窓ガラスに顔をべったりつけて爆睡している女の子がいたので、「もう着くよ」と心の中で思う。女の子の後ろの席に座っている男の子とお母さんらしき女性は、興奮した様子でツリーの方を見ている。

さらに歩いていると、森鷗外住居跡まで何メートルという看板が点々と現れ出した。すぐ近くにあるらしい。見られたらいいなと思いつつも、どこにあるかよくわからない。

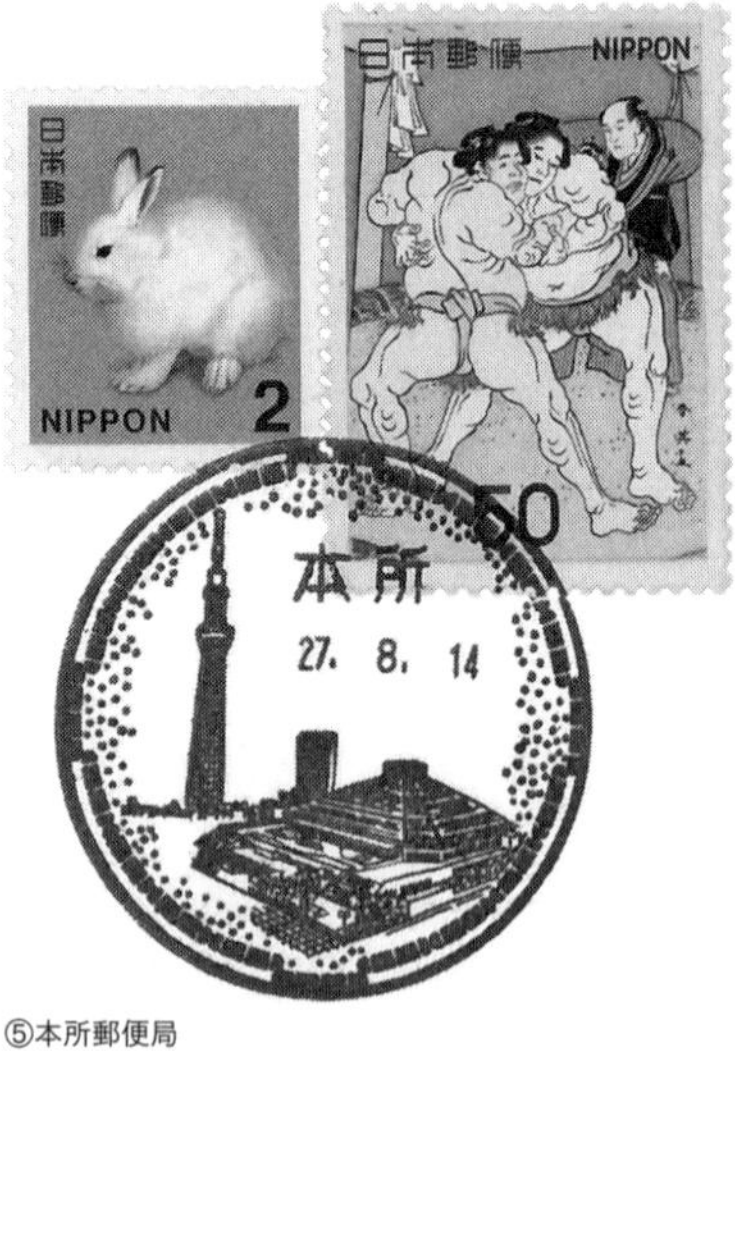

⑤本所郵便局

先に見つかった**向島四郵便局**⑦に入る。

局名の字体がいい感じの、小さな白い建物だ。私はこんなに狭い郵便局をはじめて見た。しかもちょうどお客さんがたくさんいて（といっても十人弱）、みんなものすごくぎゅうっと密接していた。通販のお知らせ看板の後ろなどにそれぞれがなんとか空間を見つけて入り込んでいるので、思わぬところに人がいて驚いた。マイティ・ソーとかハルクとか怪力キャラが、この郵便局の空間を広げてあげたらいいのに。

図案は言問橋。私は今から言問団子を食べます。

外に出て、スマートフォンで森鷗外住居跡を調べたら、検索で出てきた住居跡の看板の写真の後ろに、今いる郵便局が写り込んでいる。あれ、と道路の向かい側を見たら、学校の前にそれらしき看板があったので道を渡ってみると、森鷗外住居跡はここですと告げる看板が確かにあった。看板だけだった。

⑥押上駅前郵便局

もうこれで風景印は終わりだと、強い気持ちで桜橋に向かうと、言問団子まであともうちょっとというところで、カドという喫茶店を発見。季節の生ジュース、くるみパンとレトロな看板に書かれていて、窓から覗き込むと、小さなお店の壁一面に洋画がばんばんかかっている。妖しげな雰囲気にどうしても入りたくなり、予定外のバナナセーキを飲む。予感通り妖しくて、すごく良かった。また行きたい。

ようやくゴールの言問団子にたどり着き、食べる。かわいいよね、言問団子。まるっとしていて、三色で。鳥のマークもかわいいよね。

予想以上に歩いたので、もう絶対に帰ろうと南下していく。

ビーサンをはいていたので靴擦れも痛いし、体力的にも限界だったのだけど、乗ろうとした地下鉄の駅の真ん前にまた風景印のある**本所吾妻橋駅前郵便局**⑧が現れてしまい、そうなるともう押してもらうという選択肢しか残されておらず、最後の最後にもう一つ増えま

⑦向島四郵便局

した。変形印だったよ。

結局、真夏なのにこれまでで一番歩いた回になってしまった。墨田区の風景印、おそらくあと四つくらいでコンプリートだと思う。

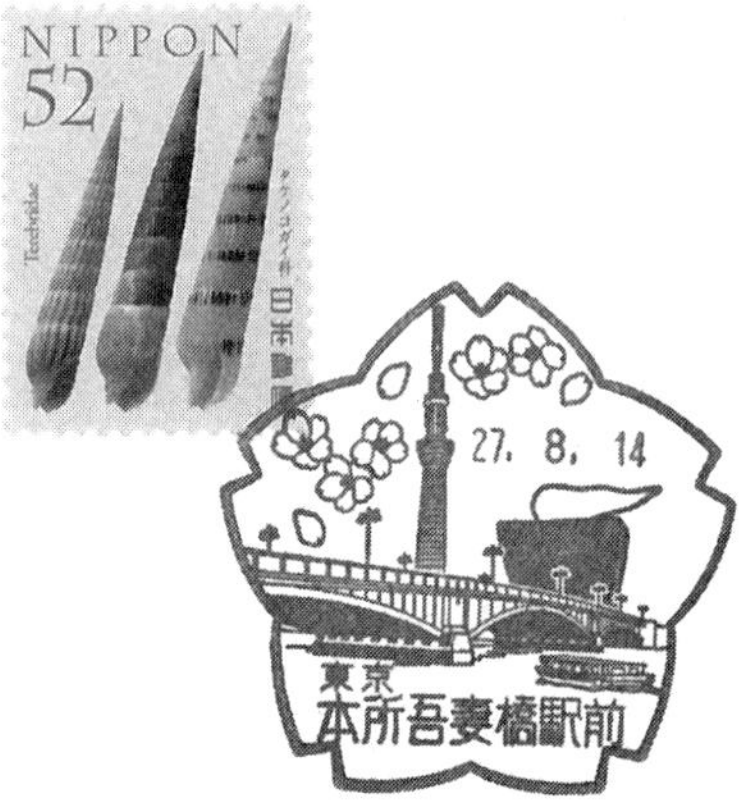

⑧本所吾妻橋駅前郵便局

墨 田 区

①墨田両国三郵便局

〒130-0026　東京都墨田区両国３－７－３

②墨田緑町郵便局

〒130-0021　東京都墨田区緑１－14－12

③墨田江東橋郵便局

〒130-0022　東京都墨田区江東橋１－７－19

④墨田太平町郵便局

〒130-8799　東京都墨田区太平１－12－５

⑤本所郵便局

〒130-8799　東京都墨田区太平４－21－２

⑥押上駅前郵便局

〒130-0002　東京都墨田区業平４－17－12

⑦向島四郵便局

〒131-0033　東京都墨田区向島４－25－16

⑧本所吾妻橋駅前郵便局

〒130-0001　東京都墨田区吾妻橋２－３－13

江東区

午前十一時過ぎに清澄白河駅に着いた。

今日は、十五時から新宿で４ＤＸの『ジュラシック・ワールド』を見る予定になっていたので、十四時前には電車に乗りたい。

江東区の風景印のある郵便局はそれぞれ離れた位置にあるので、今回は二つだけ回ることにした。

高橋を渡り、森下町方面に歩き出す。

もう九月も半ばだが、今日は天気が良く、半袖やノースリーブの人もいる。深川神明宮の前を通ったら、石碑に木漏れ日が落ちていて、真夏みたいだと思った。

そこまで遠くはないけれど、一駅分歩いて、**森下町郵便局**①へ。

列の一番目に並んでいたら、カウンターで年配の女性が男性局員さんに何かを質問していて、その間に、後ろにどんどん列ができていく。

女性の質問が終わり、私の番になったので、風景印をお願いする。

列ができたことで少し焦っていたのか、男性局員さんは、「はいはい、風景印ね」「ここあたりに押せばいいですか?」と確認した次の瞬間、もう片手に風景印を手にしていた。そして一度白い紙に練習してから、すぐ本番。迷うことなく風景印を上からぎゅっと押して、さっと離す。

「はい、これでよろしいですか」

とあっという間に私の手元にカードが戻ってきた。

お礼を言って、カウンターから離れると、局員さんはてきぱきと次の人の応対をはじめ

①森下町郵便局

る。今までで最速だ。でもおざなりというわけではなく、きちんときれいに押してある。流れるようなスピードに感動した。

図案は、新大橋と芭蕉の句碑。今日は行けないけど、近くには芭蕉記念館もある。

来た道を引き返し、清澄白河を越えて、今度は②**深川一郵便局**へ。

郵便局のすぐ近くに、小津安二郎誕生の地の看板があったので、へー、と見る。

郵便局は空いていたので、すぐにカウンターにいた女性局員さんに風景印を押してもらう。少し離れた場所から、その作業をじっと見つめる男性局員さんがいて、師匠みたいだった。

ちょっとぐりぐり押し過ぎかなと思いながら見ていたら、でき上がった風景印を見せてもらったところ、やはり図案のえんま堂が黒く潰れている。風景印の画像を載せなければ

②深川一郵便局

いけないのでどうしようと思い、これまではじめてのことだけど、さらに一枚カードを渡し、あまりぐりぐりせずにもう一度押して頂けないかとお願いする（「あまりぐりぐりせずに」は思わず口から出てしまった、すみません）。やはり局員さんが恐縮されてしまい、申し訳ない気持ちになった。

そして再度トライしてもらったのだが、今度は端の方が薄れてしまって、円の輪郭がちゃんと出なかった。これは局員さんの技術の問題じゃなくて、朱肉が古いからだと思う。風景印は郵便局のサービスとして存在しているものなので、こんなことを言うのは本当に気が引けるのですが、それでも朱肉の換え時かと思われます……（本当にすみません）。

ここで十二時を過ぎ、待ってました！　の気持ちになる。清澄白河の古本屋さんが開店する時間だ。私が今住んでいる街には古本屋さんが一軒もないので、古本屋巡りに飢えていたのだ。

まずは、できたばかりのブルーボトルコーヒーでアイスカフェオレを買ってみる（ちなみに、私の母は東京に来た時に清澄白河のブルーボトルコーヒーに行ってみたいと言い出し、私が締め切りで同行できず、スマートフォンもガイドブックもないのに、ちゃんとたどり着いたので、すごいなと思った)。

アイスカフェオレを飲みながら、古本屋がある方向に歩く。そして、しまぶっくとsmokebooksを回って、絵本や文庫などを心の赴くままに買う。すっごく癒された。

その後、同じ通りにある深川江戸資料館に入ったら記念スタンプがあったので押してみたのだが、ここのスタンプも何度やってもきれいに押すことができなかった。サービスとして存在しているものなので、こんなことを言うのは本当に気が引けるのですが、(以下略)。判子は朱肉が命だな。深川江戸資料館特製の地図柄のハンカチがかわいかったので買った。

江 東 区

①森下町郵便局

〒135-0004　東京都江東区森下１－12－６

②深川一郵便局

〒135-0033　東京都江東区深川１－８－16

大田区

「ＡＮＡの見学会に行きませんか」
と、ある日、編集者Ｔさんから連絡があった。誘われでもしないとなかなか自発的に行こうと思わないイベントごとだったので、せっかくだから行くことにした。
何より私の背中を押したのは、羽田空港には、風景印を置いている郵便局がある、という事実だ。
確実に飛行機の図案なのだから、ここは飛行機の切手を使うべきタイミングだ。でも、私が持っている飛行機切手は、１９７８年発行の新東京国際空港開港記念切手だけだ。この切手は50円切手なので、さらに2円を足さないといけないのだが、そうなるとうさぎ切手を貼ることになり、そうするとムードがぶちこわしになる。あと、この新東京国際空港開港記念切手のデザインをすごく気に入っているので、あんまり使いたくない。

そういうわけで、切手の通販サイトであるスタマガネットからわざわざ飛行機の切手を取り寄せました。

私は過去に、この会社が発行しているスタンプマガジンを定期購読していた時期があり、その頃は切手を毎月カタログ注文するのを楽しみにしていた。切手ばかり買ってしまうのである時購読をやめたのだが、今、再開したい気持ちです。

今回買ったのは、２０１１年発行の東京国際空港開港80周年の記念切手一シートと、２００２年の民間航空再開50周年記念切手一枚。２００２年の方は、昔持っていたので、懐かしくなって買った。

あと全然関係ないけど、せっかくだから、東京天文台１００年記念切手（うつくしい）と、今年発売された中国の天文現象切手シリーズ（うつくしい）も買った。忘れないように、早速飛行機切手をカードに貼って、準備万端だ。

当日は、十三時二十分に羽田空港のタクシー乗り場で待ち合わせだったので、空港でゆっくりするつもりで家を出て、十一時には到着。

風景印を手に入れるまでは気持ちが落ち着かないので、まずは**羽田空**[①]**港郵便局**に直行する。

あった。入った。押してもらった。図案は、当たり前ですが、羽田空港です。これで羽田空港じゃなかったら、それはそれで面白い気もするが。

押す時に、穏やかな雰囲気の男性局員さんは、風景印を握っていない方の手をカードにチョップするように垂直に添え、ストッパーのようにして、判子を押す位置がブレないようにしていた。いいアイデア。

郵便局の中は静かで、人があまりいなくて、落ち着いていた。たくさんの人が行き交う空港の中にいることを一瞬忘れそうになった。

せっかくの機会なので、２００２年発行の切手にも記念に風景印を押してもらうことに

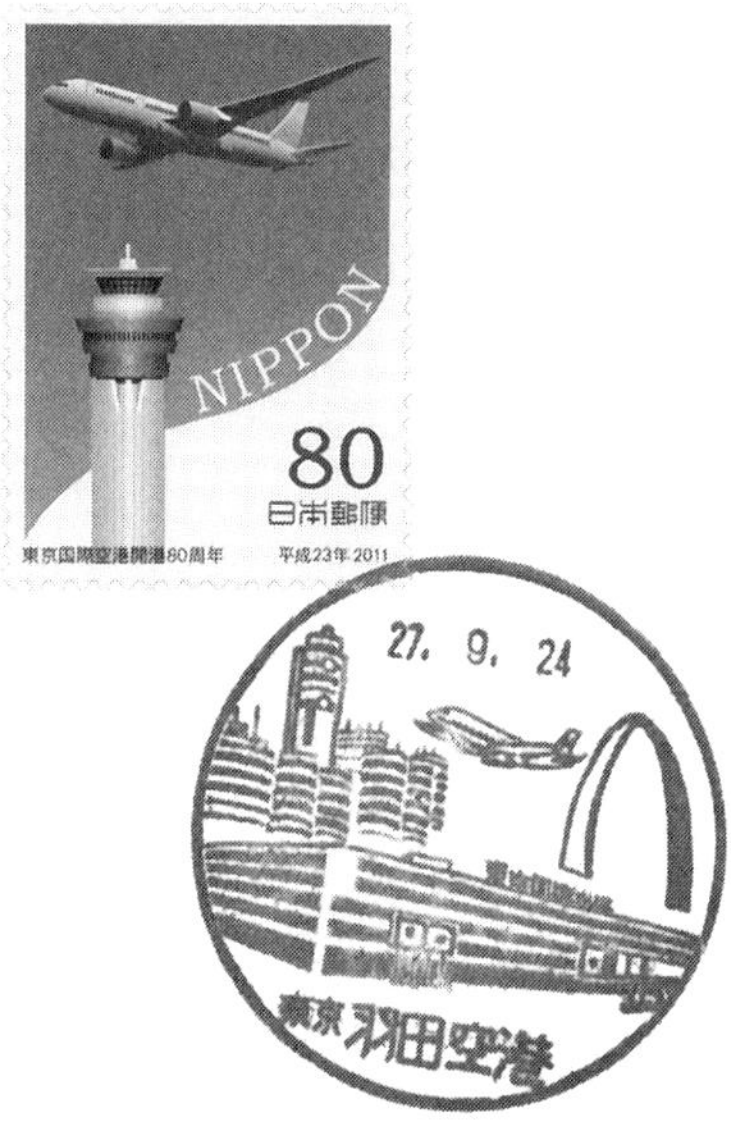

①羽田空港郵便局

した。

「すみません、もう一枚お願いできますか」

と再びカウンターに近づくと、

「よろしいですよ」

とさっきの局員さん。紳士。郵便局だけ、別世界のようだった。


目的を果たしたので、約束の時間まで展望デッキや空港内をうろうろして過ごした。文房具店で、チャイコフスキーの名前が付いた万年筆用の黒インクを買った。以前同じブランドの、コナン・ドイルの名前が付いた赤インクをもらったことがあり、ほかのインクも気になっていたのだ。空港で万年筆のインクを買うとは思わなかった。

それからTさんと合流して、ＡＮＡの機体工場へ。

工場見学の前に、会議室のような場所で飛行機クイズを交えながらの説明を受けた。羽

①羽田空港郵便局

田空港って、二分に一本飛行機が飛んでるんだね、すごいね！

クイズに全問正解したため、ANAシールとクリアファイルをもらった。私は企業のノベルティの文房具が好きなので、非常にうれしかった。

それから、「空港の仕事」という映像を十五分間見た。この段階で、以前の私より格段に飛行機に詳しくなった。今の私は羽田空港にあるANAの機体の種類と機体数、エンジンの種類を答えることができます。

最後に、実際に飛行機を整備中の工場内を、水色のヘルメット着用で見学させてもらったのだけど、本当にすごかった。素晴らしい経験だった。機体工場見学、ぜひ申し込んでみて欲しい。

ただ、工場内の移動が、○○会という年配の男性だけで構成された団体と一緒の組だったのだけど、彼らの言動がいろいろと自由だったため、筒井康隆の『農協月へ行く』みたいで面白くなってしまい、途中から整備工場と○○会の両方を見なければいけないので、なんだか忙しかった。ちょっと散漫な思い出になってしまった。

大田区

①羽田空港郵便局

〒144-0041　東京都大田区羽田空港３－３－２
羽田空港第１旅客ターミナル

世田谷区

九月二十六日。

運転免許証の更新が迫っていたので、長い間忘れていた住所変更をしようと三軒茶屋の免許更新所に向かった。そのすぐ近くに郵便局があったことを思い出し、いい機会だと風景印セット（切手＋カード）を持っていくことにした。

三軒茶屋の駅から少し歩くと、まず**世田谷郵便局**①が現れる。免許更新所が閉まる時間にはまだ余裕があったので、先に風景印を押してもらうことにした。

図案は、招き猫がかわいい。後ろのタワーみたいなのはキャロットタワーかなと思ったが、駒沢オリンピック公園だった。あと謎の花。鷺草かなと思う（鷺草だった）。

ここまでは良かった。

角を曲がって、殺伐とした雰囲気の免許更新所に入り、記入した用紙をカウンターに提出すると、係の人が無表情に受け取った。

しばらくすると、カウンターの奥で、あれ、これという声が上がり、呼び戻された。

急に申し訳なさそうな表情になった係の人が、

「これ、免許が一年前に切れてますね」

と免許証に黒々と印字された平成二十六年という文字を指して言う。

それでも私がぼんやりしていると、

「今年は二十七年です」

と係の人。ようやく理解した私が、

「え、わ、どうしたらいいですか！」

と大人としてゼロ点のリアクションをしたため、即座にこの人は駄目だ認定をもらい、

①世田谷郵便局

その後ものすごく優しく説明してもらった。

曰く、ぎりぎり一年経ってないから、十一月までに運転免許試験場に行けば、仮免許までは再取得できるらしい。

詳細が書いてある用紙をくれただけでなく、直筆で「持っていくもののメモ」まで書いてくれた。子どものお使いのようだった。期限内にちゃんと更新しに来た人たちとはシステマティックなやりとりで済むのに、私のような人間が現れると、世話を焼かないといけないので大変だなあと思った。


十一月六日。

免許失効をくらってからの一ヶ月、ネットでいろいろ調べてみたが、同じように免許を失効し、再取得した人たちの感想が「とにかく面倒くさい」「とにかく大変」の二つしかなく、つらい。知恵袋的なものを見ても、たいした理由もないのに失効するなんて社会人失格です、と質問者が強い調子で怒られているものばかりで、つらい。

ちょうど仕事でやりとりをしていた編集者さんに相談しても、「松田さんはもう諦めたほうがいいんじゃ」と言われ、自分でもそう思う。

そんな中で、装丁家の芥陽子さんの「ゾンビに襲われて、車で逃げないといけなくなったときに免許がなかったらどうするんだ。絶対に取り直したほうがいい」という言葉と、出版社の営業をしている友人Fさん（無免許）の、「運転免許証を所有している間気づかなかったかもしれないが、それがないと身元を証明するのがかなり面倒くさくなる。私がいつもどれだけ面倒くさい目に遭っているかわかるか。それでもいいのか」という言葉に支えられ、仮免許だけはまず取り戻そうと決意（本免許を再取得するまでに半年間の猶予ができる）。

朝の八時半、区役所に赴き、住民票を手に入れる。

近くに世田谷等々力《とどろき》郵便局があるので、前回と同じく、風景印をついでにもらおうと計画していたのだが、九時まで時間がある。坂をだいぶ上ったところにある**玉川郵便局**②まで歩いたら時間調整できていいかもと思い、先にそっちに行くことにした。

八時四十五分に玉川郵便局に到着。

まだ郵便局は開いていないが、ここには夜間窓口

②玉川郵便局

がある。もしかしてと思い、

「ここでも風景印は押せますか？」

と窓口にいる男性局員さんに聞いてみたら、

「いいですよ〜」

とのことだったのでお願いする。すっごくカジュアルに押してくれた。これまでで一番斜め。「これでいいっすか」感が清々しかった。


坂を下りたら、ちょうど九時。**世田谷等々力郵便局**③で風景印を押してもらう。

ザ・おかっぱ頭の女性局員さんが押してくれた。ここは朱肉がフレッシュで、かなりきれいなできあがりだった。風景印の鑑《かがみ》だな。

図案は、等々力渓谷とまた鷺草。区の花なのかなと思う（区の花だった）。

③世田谷等々力郵便局

そして、この後電車に乗り、鮫洲の運転免許試験場で仮免許を発行してもらった。

本免許を再取得する自信は正直ない。


十一月十一日。

世田谷区の風景印の思い出が、このままでは免許失効の思い出と直結してしまうと思い、④**世田谷九品仏《くほんぶつ》郵便局**まで行き、風景印を押してもらう。

区の花と木と釈迦如来坐像。仏像の図案はどこか得した気分になる。

④世田谷九品仏郵便局

世 田 谷 区

①世田谷郵便局

〒154-8799　東京都世田谷区三軒茶屋２－１－１

②玉川郵便局

〒158-8799　東京都世田谷区等々力８－22－１

③世田谷等々力郵便局

〒158-0082　東京都世田谷区等々力３－９－１

④世田谷九品仏郵便局

〒158-0083　東京都世田谷区奥沢８－15－９

目黒区

来月で風景印を集めはじめてちょうど一年になるのだが、風景印って不思議な存在だよなとしみじみ思う。

なぜあんなに小さくてかわいく、デザインも一つ一つ違って面白いものが、ひっそりと郵便局にあるのか。

そして、なぜ小さな頃からそれこそもう数え切れないほど郵便局を利用して来たのに、何かのタイミングで教えてもらわない限り、その存在を知らないままなのか。普段使っている郵便局に風景印があっても、ほとんどの人は知らないままだろう。

そして、郵便局員さんでさえ、風景印をお願いする人が窓口に現れると、ときどきちょっと怪訝そうな表情を見せるのはなぜなのだ。せっかく風景印を置いているのに、朱肉の扱いとか押し方とかが適当なパターンが、結構な確率であるのはなぜなのだ。風景印を置いている郵便局の局員さんの、風景印という存在に対する慣れてなさに、この十一ヶ月の間何度も遭遇する機会があり、一体全体風景印って郵便局にとって何なんだろうと思いを馳せてきたのだが、まだよくわからない。ただ、その全体が自分にはなんだか面白いのだ。

というわけで、目黒区です。

正午。自由が丘で下車し、①**目黒自由が丘郵便局**へ。

建物の地下にある郵便局でびっくりした。すごく地下、そして奥まっている。

混んでいたので少し待ち、前髪がアシンメトリーカットの男性局員さんに風景印を押してもらった。

この人はものすごく押すのが上手だった。押

①目黒自由が丘郵便局

して、離すタイミングに惚れ惚れした。

図案は目黒ばやしと駅前にある自由の女神像らしい。自由が丘にはたまに来るが、自由の女神像というものがあることにまったく気がついていなかった。目黒ばやしは、とりあえず今は、何かわからないままでいてもいいですか。

そこから都立大学の方に地図アプリのお導き通り歩いていく。こういう時自転車があればいいのかもなとも思うけど、思わぬ坂がたくさん出現するので、やっぱり歩きが一番いい。

十分くらい歩いて、小さな**目黒八雲二郵便局**②に到着。

年配の男性局員さんに早速押してもらう。

「自分で押すのとどっちがいいですか」

と問われたのだが、本当に自分では押したくない。世界一自分で押したくないものは風景印。

局員さんは、

②目黒八雲二郵便局

「うちの風景印は変わったかたちなんですよ」

と言いながら、できあがった風景印を渡してくれる。

桜のかたちの変形印。図案の建物は何なのか聞いてみたところ、

「……この近くに学校があるんですよ。古い建物で……」

と、正しい情報をなぜかとても自信なさそうに教えてくれた。

この次に、都立大学駅からすぐの**目黒柿ノ木坂郵便局**[③]に行こうとしたのだけど、地図アプリに「柿ノ木坂郵便局」と打ち込んだら、「柿の木坂」になぜか変換されていて、ものすごく遠回りするはめになり、心が折れた。

なんとかたどり着いて、女性局員さんに風景印を押してもらう。

柿の木坂の舗道らしいのだけど、ぐりぐり押しにより、図案が潰れてしまっている。もしかした

③目黒柿ノ木坂郵便局

ら、風景印自体も古くなって、あまりはっきり模様が出なくなっているのかもしれない。もう一回頼んだ方がいいかなと一瞬思ったのだが、心が折れていたので、「一期一会」という便利な言葉に逃げ込み、郵便局から出る。

同じ通りの並びに見つけたHibusumaという小さな小籠包のお店の雰囲気に外から一目惚れし、ここで昼ご飯を食べる。素敵なお店だわ、おいしいわで、また来たい。

予定では歩くつもりだったのだけど、さっきの遠回りのダメージが大きく、さっさと隣の学芸大学駅まで電車に乗る。

商店街を歩いて、**目黒鷹番郵便局**④へ。

「日付の部分がへこんでしまっていて、かすれてしまうんですけど」

と女性局員さんが申し訳なさそうに言いながら、渡してくれた。碑文谷公園に近いので、馬に乗っている人たちとボートに乗っている人たち。

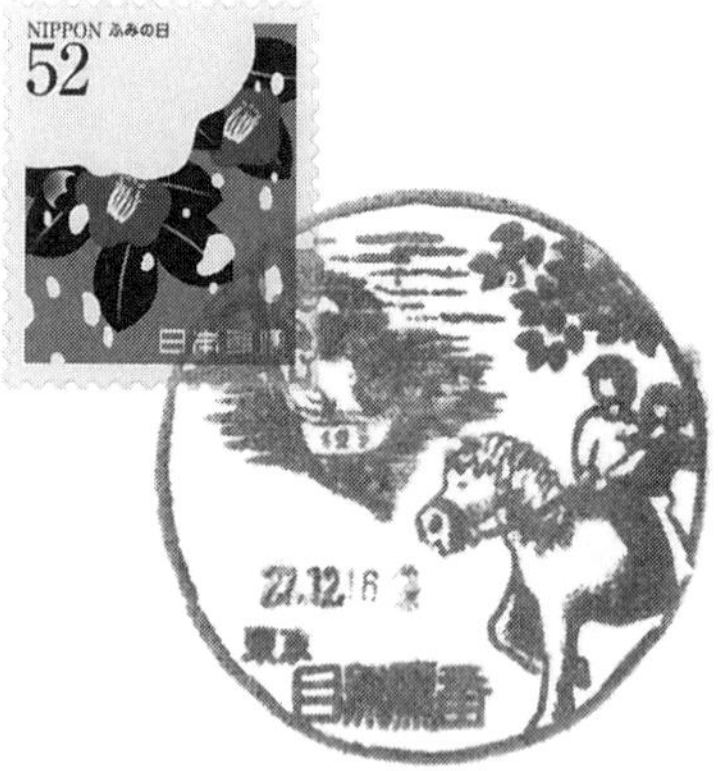

④目黒鷹番郵便局

それから、学芸大学駅に来たら、マッターホーンとそのすぐ横にある古本屋流浪堂、そしてロミ・ユニに絶対行かないといけないので、行った。ロミ・ユニでクッキーを買うと、持ち帰る間に割れたらどうしようという恐怖に襲われ、近くの100円ショップでタッパーを買い、その中に入れるまで落ち着かないので、学芸大学に行くたびに、タッパーが増える。

目 黒 区

①目黒自由が丘郵便局

〒152-0035　東京都目黒区自由が丘２－11－19

②目黒八雲二郵便局

〒152-0023　東京都目黒区八雲２－24－18

③目黒柿ノ木坂郵便局

〒152-0023　東京都目黒区八雲１－３－４

④目黒鷹番郵便局

〒152-0004　東京都目黒区鷹番１－14－４

品川区

　これまで毎月違う区を回っていて気がついたのだが、風景印が多い区と、風景印が少ない区がある。

　風景印を区内のほとんどの郵便局に置いている、風景印に対して意識的な区もあるし、反対に、あんまり置いていない区もある。

　今回の品川区は少ない方だ。距離も離れているので、二つ回れるといいなと家を出た。

　まずは、大井町駅で下りて、**品川郵便局**[①]へ。

　郵便業務が行われている二階に向かうエスカレーター脇の窓ガラスには、イカや魚のシールが貼られていて、海が近いことを早速感じさせる。

名札に主任と書いてある男性局員さんが、丁寧に何度も練習してから、風景印を押してくれた。誠実な人柄であるに違いない。

図案は品川神社と大井埠頭と江戸六地蔵。埠頭と地蔵が、一つのデザインの中に共存しているのは、風景印ぐらいではないだろうか。風景印だと思うと、すべてが調和して見える。風景印は宇宙。

①品川郵便局

それから、電車に乗って、大森駅へ。

大森は大田区なのですが、もう一つの目的地にも歩いて行ける距離であり、何より**大森**②**郵便局**の風景印がとてつもなく素敵なことを知ってしまったので、どうしても欲しくなったのだ。

ちなみに、以前の大田区の回は、羽田空港内の郵便局一発勝負にしてしまいました。もうぎりぎり品川区ということにして、今回は見逃して頂きたい。

さあ、駅から結構歩いてたどり着いた大森郵便局で私が手に入れた風景印の素敵さ！　図案は、大森貝塚跡と、原稿用紙に万年筆。しかも変形印です。原稿用紙に書かれた「馬込文士村」という言葉に万年筆で丸をつけているところも細かい。

文房具の風景印なんて最高すぎる。この図案を考えた人よ、永遠なれ。

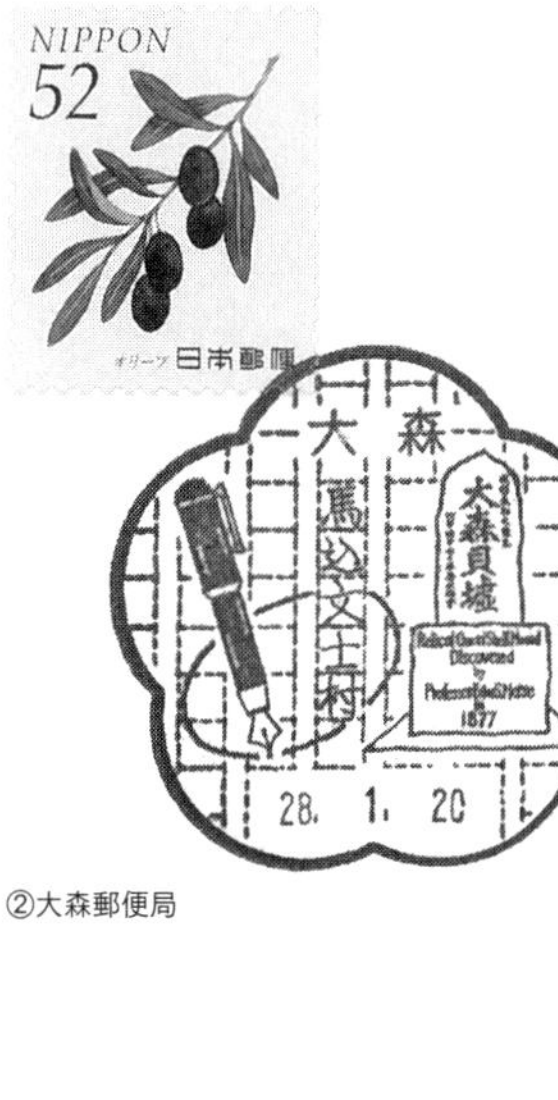

②大森郵便局

ここから大森海岸方面に歩いて向かう。

通り道にあったので、大森貝塚遺跡庭園にも寄る。庭園自体が縄文土器のようなデザインになっていて、めずらしかった。

その中では、普通の公園と同じように、子どもたちが走り回っていて、見ていて面白かった。子どもたちを見守るママたちのおしゃべりも、縄文的世界の中で行われていた。

さらに歩いて、とうとう**品川南大井郵便局**③に到着。
近くにしながわ水族館があるので、水族館とイルカショーの図案。
今回の風景印はどれもきれいに押してもらえたので、うれしくなった。
せっかくなので、図案ではなく現実のイルカショーも見て帰った。

③品川南大井郵便局

品川区

①品川郵便局

〒140-8799　東京都品川区東大井５－23－34

②大森郵便局

〒143-8799　東京都大田区山王３－９－13

③品川南大井郵便局

〒140-0013　東京都品川区南大井４－11－３

渋谷区

金曜日の昼間に渋谷駅に到着。
暖かくてうれしい。コートなしで過ごせるのがこんなにうれしいことだとは、冬の間にすっかり忘れていた。
宮益坂《みやます》を上っていく。
通りの向かいにある宮益坂ビルディングがシートに覆われている。解体が決まったとニュースで見たけど、私は宮益坂ビルディングが好きだった。この中にあった古着屋にたまに行っていたのだが、そのたびにビルの中を必要以上にうろうろしたものだった。

コンビニの隣にある**渋谷郵便局**①に入ると、二階に上がる。

眼鏡をかけた女性局員さんに風景印をお願いすると、

「はい、わかりました」

と奥の方に引っ込んだので、作業はまったく見えず。

局員さん、なぜか小走りで戻って来て、両手で捧げ持った風景印を、

「はい、どうぞ」

と、笑顔で手渡してくれる。渡り廊下でバレンタインチョコレートをもらったみたいだった。

ここの風景印は２０１４年に新しくなったばかり。渋谷なので、ハチ公の像は外せない。区の花であるハナショウブとあと局舎。そしてその局舎の上層階から望める富士山ということなのですが、なんで？　富士山、渋谷区と関係なくないですか。富士山なら、私が以

①渋谷郵便局

前住んでいた世田谷区の多摩川沿いからでも見えたけど。けっこういろんなところから見えるよ、富士山。自分たちだけが特別じゃないよ。

続いて、**渋谷神南《じんなん》郵便局**②へ。

十三時ちょうど。郵便コーナーはまさかの七人待ち。ＡＴＭの列も長くなりすぎて、外まで人が並んでいる。

ようやく順番が来たので、ポケットに入れていた紙の番号札を渡すと、女性局員さんが、

「あのう、これは」

と怪訝な顔でぼろぼろの紙切れを私に返そうとするので、何かと思ったら、失くしたと思っていた『スター・ウォーズ／フォースの覚醒』の半券を一緒に渡していた。

ここも局員さんが奥に行ってしまって、作業見えず。そして、なぜかまた小走りで戻って来てくれる。

②渋谷神南郵便局

図案は、またハチ公像。後ろは代々木競技場と明治神宮だそうだ。

そして次は③**放送センター内郵便局**に行ったのだが、二月だというのにカウンターに並んだ男性局員さん二人がまさかの半袖シャツだった。しかもめちゃくちゃ爽やかな笑顔で押してくれた。この郵便局はもう夏です。

放送センターと代々木競技場の図案。狭い範囲に風景印のある郵便局がいくつかあると、同じモチーフがかぶりがちだけど、微妙に角度が違ったりするのが楽しい。あと郵便局同士が近いと、回りやすい。今回すごく楽。

はいもう、④**渋谷松濤《しょうとう》郵便局**。地下一階にある小さな郵便局だ。

ここの女性局員さんは、さっきの放送センター内郵便局の局員さんの笑顔が私の脳裏から消え去るくらい、淡々とした表情で押してくれた。しかし、できあがりは非常にきれい。

③放送センター内郵便局

図案は、松濤美術館と鍋島松濤公園と区の花。ここの風景印、図案のバランスがすごくいい。ハナショウブのちょこっと具合が素晴らしい。

松濤美術館は、何の展示だったか忘れてしまったけど、何度か行ったことがある。鍋島松濤公園は行ったことがないのですが、これは噴水的な何かですか？

さらにちょっと歩いて、最終目的地の**渋⑤谷道玄坂郵便局**へ。

女性局員さんが練習用の紙を用意したり、朱肉を出したりと、風景印を押すまでの一連の作業を、少し離れたところでじっと見つめる。

道玄坂の碑と、少し潰れてしまってよくわからないかもしれないけど、ここも区の花。

あまり押すのがうまくいかなかった時に、局員さんが一切顔色を変えないのを見るのが

④渋谷松濤郵便局

好きだ。局員さんが表情を消して、じーっと押したばかりの風景印を見つめていると、あ、うまくいかなかったんだなとわかる。

それにしても、気候が良かったこともあるけど、こんなに楽に風景印が五つも手に入るとは。一度風景印を集めてみたい人は、まず渋谷区を回ってみてはいかがだろうかと思いました。

⑤渋谷道玄坂郵便局

渋 谷 区

①渋谷郵便局

〒150-8799　東京都渋谷区渋谷１－12－13

②渋谷神南郵便局

〒150-0041　東京都渋谷区神南１－21－１

③放送センター内郵便局

〒150-0041　東京都渋谷区神南２－２－１

④渋谷松濤郵便局

〒150-0046　東京都渋谷区松濤１－29－24

⑤渋谷道玄坂郵便局

〒150-0043　東京都渋谷区道玄坂１－19－13

中野区

原稿を書き終わって送信した十三時半。スケジュール的に今日風景印を取りに行かないとやばいということに突如として気づき、急いで支度。

十四時半には、中野駅に到着。

少し歩いて、**中野郵便局**[1]へ。大きな郵便局だ。

男性局員さんがそつなく押してくれたこの風景印により、中野サンプラザがかつて全国勤労青少年会館という名前であったことを私は学んだ（人生ではじめて、中野サンプラザについて調べた）。図案の手前は哲学堂公園。郵便局からだいぶ離れている場所が図案に使われているので、間に何もないのだろうかと思った。

駅の反対側にまわり、**中野サンクォーレ内郵便局**[②]へ。

中野サンクォーレって何だろうと思ったが、眼科やイトーヨーカドーの入ったビルのことだった。

郵便局はイトーヨーカドーと隣接。これまで出会った中で、最も高齢の女性局員さんに押してもらって、うれしくなった。

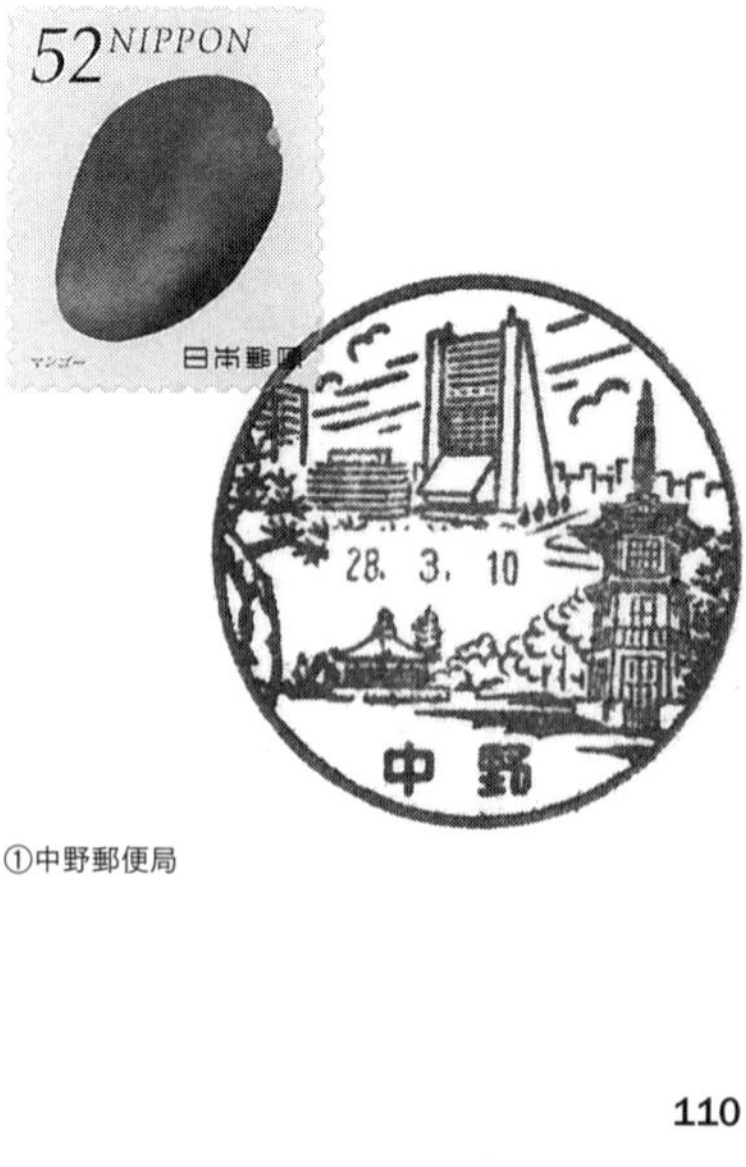

①中野郵便局

中野通りの桜並木とサンクォーレタワーが図案なのだけど、背中を見せている犬のテイストが結構曲者《くせもの》だなと感じる。車道は危ないよ、という気持ちになる（なぜ犬なのだろうと訝しんでいたら、校正さんから徳川綱吉の犬屋敷に由来しているのではと指摘があり、それだ！　と思った）。あと、桜の切手を使えば良かったという後悔が生まれた。

中野区の風景印は四つしかなく、あとの二つは離れたところになるので、もうここでやめようかなと思ったのだが、駅に向かっていたら、風景印を置いている郵便局のある野方駅行きのバス停があったので、思わずバスに乗って野方へ向かう。風景印収集でバスに乗ったのははじめて。

十分弱で野方駅へ。

目的地は③**中野北郵便局**だったのだが、ここでまた、ぼんやりしていた私が悪いのだが、地図アプリに翻弄され、間違って中野鷺宮北郵便局まで行ってしまう。あれ、こんなに遠かったかなと思ったのだが、あまり自分のことを信用していないので、機械の方を信じてしまった。

「風景印お願いします」

とやっとの思いでお願いしたら、

「ここには風景印を置いていません」

②中野サンクォーレ内郵便局

と素敵な女性局員さんに戸惑ったように言われ、がーん、となった。

この時点で十五時半だったので、間に合うかなと不安になりながら、戻る。寒いし、つらかった。

なんとか時間内に中野北郵便局に到着。ボロボロの気持ちで風景印を押してもらう。こちらのボロボロの気持ちなどどこ吹く風で、男性局員さんはさくっと片手で風景印を押し、さくっと片手で返してくれた。図案は、また哲学堂。あと獅子舞。この獅子舞は躍動感があっていい。

さあ帰ろうと野方駅まで戻る途中に、新宿駅西口行きのバス停があり、駅まで歩く気力がなくてふらふらとこのバスに乗る。

そしたら、とある駅に停まった時に、もう一人バスの運転手さんが乗ってきて、にこにこと会話を交わしてから、それまで運転していた人と交代したので驚いた。路線バスの途

③中野北郵便局

中で運転手さんが交代するのをはじめて見た。新しい運転手さんの手荷物が入ったビニールバッグから、正露丸とウナコーワが透けている。

バスが発車し、角を曲がったら、さっき降りた方の運転手さんがインカムをつけたまま信号を渡り、どこかに歩いていくのが見えた。すごくいいものを見ることができたので、バスに乗って良かったと思った。

中野区

①中野郵便局

〒164-8799　東京都中野区中野２－27－１

②中野サンクォーレ内郵便局

〒164-0001　東京都中野区中野４－３－１

③中野北郵便局

〒165-8799　東京都中野区丸山１－28－10

杉並区

はじめからなんだが、今回は少し気が重かった。

まさか杉並区にこんなに風景印が少ないとは。調べたところでは、全体で七つしかなく、それぞれ距離が離れており、しかもここなら風景印の三つや四つは堅いだろうというポテンシャルの高い街でさえ、一つ、もしくはゼロという結果である。杉並区、風景印たくさんありそうなイメージだったのに。

個人的には、降りたった一つの駅を歩いているうちに三つ、そのまま隣町まで歩いているうちにさらに二つ、みたいな、楽しくお散歩しているうちにあら不思議、風景印も手に入りました、というコースが理想だ。

そういうわけで行く前からしんみりしてしまったのだが、荻窪から西荻窪にかけて風景印を置いている郵便局が二軒あるので、ここを目標に出かけることにした。

しかし、あまりにもテンションが低かったので、文学関係のイベントごとで何度かお世話になったことのある荻窪在住のH青年に、荻窪の楽しい場所を聞いたところ、仕事で徹夜続きだというのに、リストをメールしてくれた。

荻窪駅の北口を出ると、「唯一無二の商業施設」とH青年おすすめの地元百貨店、荻窪タウンセブンがある。ここはぜひ行ってみて欲しいということだったので入った瞬間、いきなり座布団が山のように積まれているインテリアショップがあり、胸を打たれた。ひさしぶりにこんな大量の座布団を見た。

ほかにも茶碗のお店、ファンシーショップ、上の階には学校の上靴を試し履きできる靴屋など、我が幼少期の思い出がぶわっと甦る店ばかり。東京に住んでいる地方出身者は、都会に疲れたらタウンセブンに行けばいい。

あと上の階に郵便局がありました。ここも風景印置けると思います。タウンセブンの風景印なんて最高じゃないか。

目的の郵便局を目指して、青梅街道を歩いていく。

杉並公会堂を過ぎたところに、杉並四面道郵便局があるのだが、風景印はなし。ここも風景印置けると思います。見つからなかったけど、このあたりは井伏鱒二が住んでいた家があるらしい。井伏鱒二の風景印なんて最高じゃないか。


さらに歩いて、**荻窪郵便局**[①]に到着。広い。男性局員さん、風景印の試し押しの時、首を傾けて（不安）、何か言うが（不安）、聞き取れず（不安）。そして本番。ぐりぐり押し（不安）＋長押し（不安）。

「はい、これでいいですか」

と言いながら渡してくれる。良くない、と言える人がいるだろうか。

図案は細部が全体的に潰れているのでよくわ

①荻窪郵便局

からないが、善福寺公園や今川家累代の墓、太田道灌の献植した槙樹だそうだ。

ここらへんで道を少し逸れると荻窪八幡神社があるので、ちょっと寄ってみる。

朱印をもらったら、墨で書いてくれる通常パターンではなくて、朱印自体が判子だったので衝撃を受けた。凄まじい味気なさ。


青梅街道に戻り、西荻窪の方向にさらに歩いていくと、**杉並善福寺郵便局**[②]に到着。

局内に誰もお客さんがいない。小さなカウンターには手前に年配の女性、奥に若い女性、後ろのデスクには年配の男性という局員配置。

手前の女性局員さんに、

「風景印お願いします」

と切手を貼ったカードを渡すと、

「ご自分でやられますか？」

と聞かれたので、

②杉並善福寺郵便局

「いえ、お願いします」

と即答する。

「えーと、どうしよう」

と彼女が目を泳がすと、後ろの男性局員さんがふと顔をあげ、

「○○さん、うまいよ」

と一言。
○○さんこと、もう一人の女性局員さんが、
「あ、じゃあ」

と腰を上げ、

「緊張」

と言いながら、こっちに来て、風景印を押してくれた。
○○さんは本当にうまかった。
図案は、地蔵坂、地蔵堂、荻窪の地名の由来の荻、区花のサザンカ、富士山だそう。渋谷区に続き、また富士山案件ではありますが、その後、見えるものは見えるんだもんなと、私も大人になりました。あとこの三人のやりとり、すごく良かった。ここはいい職場だと

思った。

今回の風景印はこれで終わりだが、せっかくなので、図案にあった善福寺公園まで、善福寺川を伝って歩いていく。

通りかかった小学校の壁にマンタとかタコとかサメとか、海の生物の絵がずらっと描かれていて気に入った。道々、ケシの花が至るところに咲いている。善福寺公園もすごく良かった。今度またゆっくり来たい。

古本屋やパン屋に寄ったりしながら、西荻窪駅に向かう。

途中、商店街にある杉並西荻北郵便局を通過したが、ここも風景印を置けると思います。こんなに立地がいいのに。

駅に到着し、遅い昼ご飯を食べ、帰ろうと思うが、自分の乗り換え的には荻窪方面のほうが便利だったため（乗り換えの数を少しでも減らすためなら、歩くことをいとわない性格）、またぐるっと、今度は駅の南側を歩いて荻窪に向かう。

だいぶ歩いた後、これはもしかしたらH青年のリストにあった与謝野公園に行けるのではと気づき、検索してみるとすぐ近くだったので、寄ってみる。

与謝野公園は、与謝野晶子と鉄幹の家があった場所につくられた公園だ。公園内には、二人の歌碑が遊び場をぐるっと囲むようにいくつもある。

きれいに咲いた藤棚の下では男の子たちがカードゲームに勤しみ、祖母らしき女性と一緒に来ている女の子が街灯の下の方にしがみつき、ここまでしか上れない！　と叫んでいた。いい公園だった。与謝野夫婦も風景印にできると思います。

杉 並 区

①荻窪郵便局

〒167-8799　東京都杉並区桃井２－３－２

②杉並善福寺郵便局

〒167-0041　東京都杉並区善福寺１－４－５

荒川区

十一時頃に日比谷線の三ノ輪駅に着く。

少し歩いて、都電荒川線の三ノ輪橋停留場へ。通りの向こうに、レトロな梅沢写真会館の下をぶちぬくようにしてある、都電荒川線と三ノ輪橋商店街入り口のアーケードが見え、一瞬で心を撃ち抜かれる。

アーケードを抜けると、すぐに始発停留場である三ノ輪橋停留場だ。路地のような構内には様々な色の薔薇が咲き乱れており、写真を撮っている人たちもいる。

一両だけの電車が停まっていたので、さっと乗車する。私は都電荒川線に乗るのがはじめてだったので、今日はとても楽しみにしていたし、全体的に醸し出されている独特な雰囲気に、この段階でもうすっかりファンになっていた。

前の席に座ると、線路に沿って、この先ずっと薔薇が植えられているのが目に入った。よく見ると、座席のシートも薔薇柄だ。運転手のサイドミラーにも薔薇が映り込んでいる。ワンダー。乗客のシルバーパスを提示する率の高さと、電車なのに「次とまります」のボタンがあるところもいい。

荒川区には風景印が四つあるのだが、これがどれも都電荒川線の停留場付近にある。というわけで、今日は電車を途中下車しながら、四つすべてを集める予定だ。


まずは、二つ先の荒川区役所前停留場で降りる。ホームが小さくて好き。赤い薔薇の上にあった、白字で「女神インキ」と書かれた赤い看板が目を引いた。

少し歩いて、**荒川郵便局**[①]へ。

古めかしい大きな局だ。

カウンターで風景印をお願いすると、女性局員さんが、

「あの方々が先にお待ちですので、少々お待ちください」

と言いながら、切手の貼られた私のカードを、奥ですでに風景印の準備をしていた初老

の男性局員さんに手渡す。女性局員さんが指差した方には、年配のご夫婦の姿が。ここに来てはじめて、同じように風景印を集めている人たちに郵便局で遭遇した。

男性局員さんが先に押した風景印を流れ作業のように女性局員さんに渡し、彼女はふーっと吹いて乾かしながら、風景印が押された封筒をご夫婦に渡した。その後男性局員さんがふーっと吹いて乾かしながら、私の風景印を渡してくれた。ふーっと吹く癖がある郵便局だなと思った。

もちろん都電荒川線の車両の図案だ。あとは区の花のツツジと高層ビル。

①荒川郵便局

それから、今度は停留場の反対側に少し歩いて、**荒川南千住郵便局**[②]へ。

ロングヘアーで眼鏡の女性局員さんが隣の部屋から風景印を持ってくる。ぼんぼんぼんぽんと豪快に判子をついて、練習というか準備。そして押してくれたのだが、最後の確信ある腕のひねりが決まっていた。

再び荒川線の車両、そして「みのわばし」と書かれた碑（?）、千住大橋。これすごくいいですよね。字の横にある点々みたいなのは、水面を表しているのか、どうなのか。

②荒川南千住郵便局

停留場に向かいながら、さっきの荒川郵便局の風景印のことを考えていて、そういえば、私は今日ツツジの切手を持っていたのにと思い出し、もう一度戻って、その切手にも風景印を押してもらうことにした（前のページに載っているのがそれです）。

さっきとは違うスポーツ刈りの若い男性局員さんがツツジの切手を貼ったカードに風景印を押してくれ、

「今日は記念日なんですか？」

と言う。

「普通の日じゃないですか?」

と返すと、

「いや、なんか今日は風景印の方が多いから」

と笑顔。

「あ、そうなんですか」

と返しながら、それはさっきの我々のことじゃないだろうかと思った。


再び電車に乗り、今度は町屋駅前停留場で降りる。車窓から薔薇が見えるのがこんなに素敵なことだったとは知らなかった。線路沿いに薔薇を植えようと思った人たちは天才です。

少し歩いて、③**荒川町屋郵便局**へ。

作業のそつのなさからベテランであることが感じられる白髪の男性局員さんが、潔い一発押しで決めてくれた。

山吹の里伝説の山吹と、狩りの格好をした太田道灌の図案。シンプルな構成。

③荒川町屋郵便局

「風景印のお客様〜、これ風景印の説明です」
と後からくれた紙により、私は山吹の里伝説を学びました。

最後は小台停留場の**荒川西尾《にしお》久《ぐ》三郵便局**④。

女性局員さんの迷いのない押し。なんか今日は押すのがうまい人が多くて、それぞれの技を堪能したような気分だ。

電車の車両に小台橋、そしてハナミズキの花の図案。

郵便局のすぐ近くに小台橋があったので渡ってみる。隅田川の水量が本当に好きだ。橋から観覧車が見えたので、あれがあらかわ遊園かなとそっちの方向に歩いてみる。普通の住宅地なのにレンガ塀の地区があって面白かった。

そのまま休園日の遊園地の前を通って、荒川遊園地前停留場から電車に乗って、三ノ輪橋停留場

④荒川西尾久三郵便局

まで戻った。行きは気づかなかった「都電荒川線沿線のバラマップ」という看板を見たら、薔薇の盛りは五月頃と十月頃と書いてある。偶然だったけど、一番いい時だったのだな。荒川線に乗ってのこの風景印コースは最高だと思う。ぜひやって欲しい。

そして最後に、ジョイフル三の輪こと、三ノ輪橋商店街のエネルギーを浴び、大量のパンとなぜかバケツを買って帰った。ここ半年ぐらいどうも疲れが取れなかったのだが、今日一日で異様にリフレッシュされ、私には荒川区が足りていなかったことに気づかされた。定期的に来たい。

荒 川 区

①荒川郵便局

〒116-8799　東京都荒川区荒川３－２－１

②荒川南千住郵便局

〒116-0003　東京都荒川区南千住６－１－８

③荒川町屋郵便局

〒116-0001　東京都荒川区町屋１－19－９

④荒川西尾久三郵便局

〒116-0011　東京都荒川区西尾久３－25－18

豊島区

風景印を集めていて、こんなに不思議な気持ちにさせられた区ははじめてだった。

まず、①**池袋駅前郵便局**（ポストが黄色く塗られていて、フクロウの顔がついていていてかわいい）の風景印。

サンシャイン60のビルと周辺の風景、そして区花であるツツジ。風景印自体もツツジの変形印だ。

続いて、②**池袋サンシャイン通郵便局**の風景印。

こちらもサンシャイン60のビルと周辺の風景印、そして区花であるツツジ。モチーフは

①池袋駅前郵便局

②池袋サンシャイン通郵便局

同じだが、建物の位置など構図が違う。ツツジの変形印であるところも一緒。

そして、これが**南池袋郵便局**③の風景印。ゴー。

ほとんど池袋駅前郵便局と一緒だが、よく見ると微妙に違い、中でも最大の違いといえば、ツツジの位置が左右逆というところである。

何の間違い探しなのか。もちろん風景印がたくさんある区は素晴らしいのだが、行く郵便局行く郵便局でこれをやられると、平行世界みたいで結構恐ろしかった。

あまりにも不思議だったので、後で調べてみると、それなりに離れている場所にある郵便局でも、平行世界がさらにいくつか発生していた。近くに図案に使えそうな場所や施設がほかにありそうな気もするけど。

当の**サンシャイン60内郵便局**④にも風景印がある。それがこれ。

これまでの風景印とまったく同じ要素だが、上からの眺めの図案だ。変化にこんなにほ

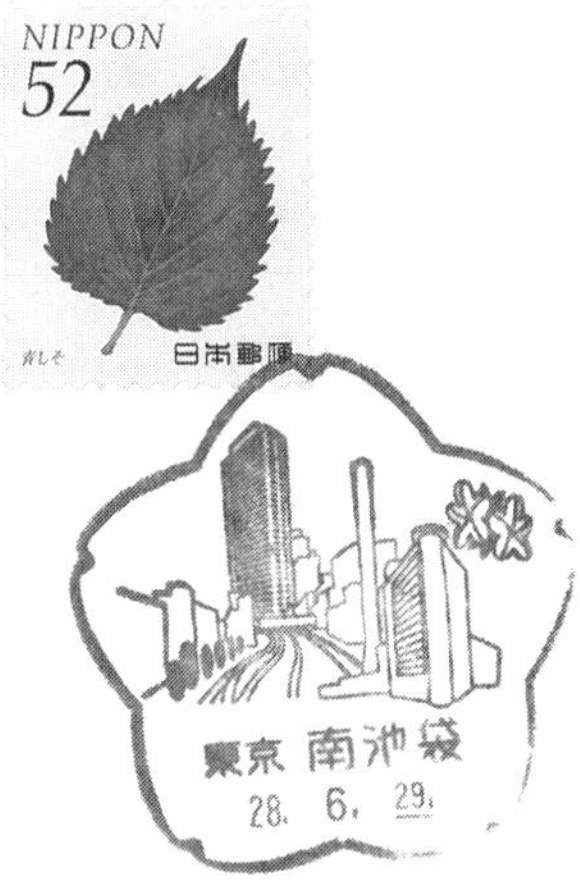

③南池袋郵便局

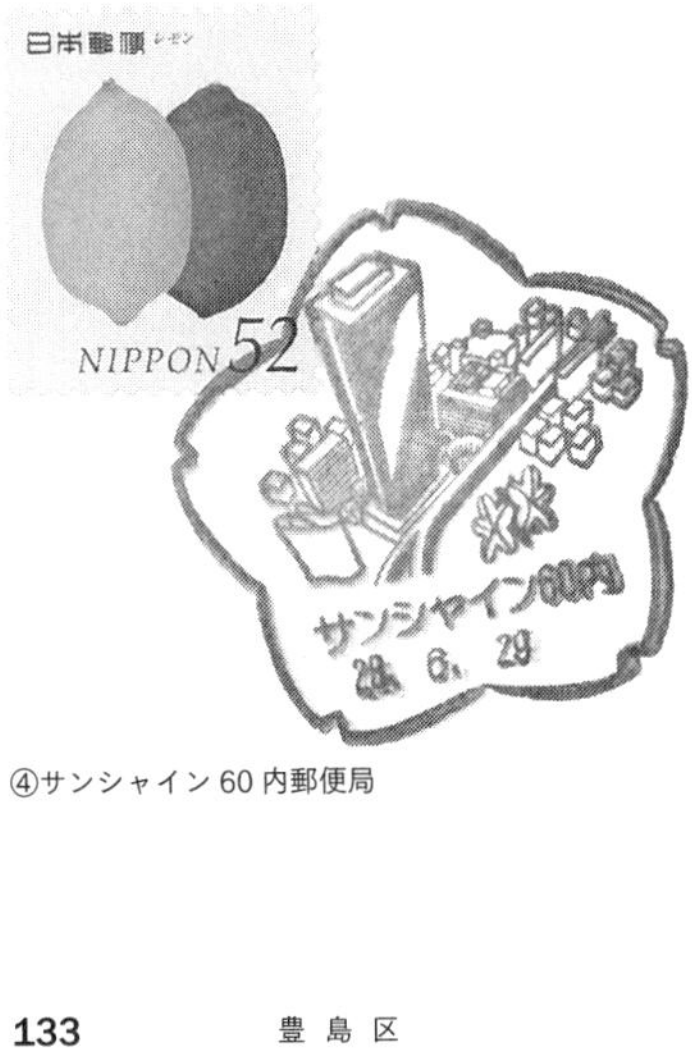

④サンシャイン 60 内郵便局

っとするとは。

でも、最上階の60階と変形印のへりがぎりぎり過ぎやしませんか。

私の印象だと、建物の風景印は構図のバランスが悪くなるので、変形印に収めない方がいいように思う。今回のほかの風景印もそうだが、オーソドックスな円形パターンが似合ったような気がする。

それに、ツツジの変形印にするなら、図案の中にツツジ入れなくてよくないですか。重複じゃないですか。

もしくは、円形パターンにして、図案の中にツツジを入れるか。平行世界の中ではツツジの位置は重要な役割を果たしているようなので、円形パターン採用が良かったような気がした。

押してくれた局員さんの中には、

「ちょっとねえ、ここがツバキのかたちをしているからいつもより大きく切手にかかっちゃうけど」

と変形印の縁を指差したり、

「そうしますと、当局サクラのかたちなんですが、こう上にかかる感じでいいでしょうか」
と練習用に押した紙を見せてくれたりと、こんなにもツツジを推しているのに、ツツジの変形印だと気づいていない人がちらほらいて、ちょっと切なくなった。

豊島区の風景印はどうやらすべてツツジの変形印らしいのだが、平行世界に属していない風景印も、もちろんある。

豊島郵便局[5]はちょっと見えにくいですが、すすきみみずく、都電、千登世橋の図案。しかし、重複ツツジの呪縛からは逃れられていない。

西池袋郵便局[6]は、メトロポリタンプラザビル、池袋西口公園だけど、やはり重複ツツジの影が。そしてビルギリギリ案件再び。東京に空が無い、と高村智恵子なら豊島区のビルの風景印を見て言ったかもしれません。

豊島区役所前郵便局[7]の風景印は、2015年

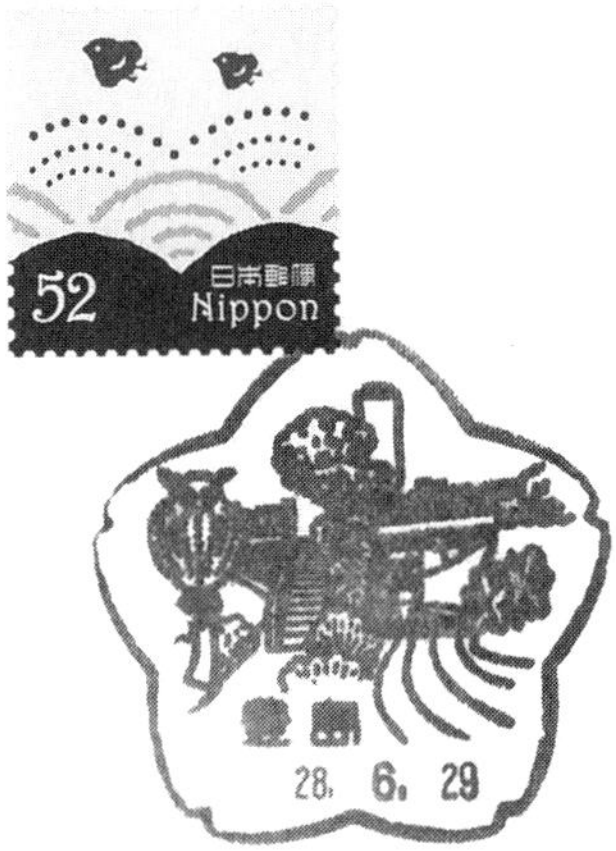

⑤豊島郵便局

の十一月にできたばかりの新しい世代のせいか、重複ツツジではなかった。建物のバランスもいい。ちゃんと空がある。

区役所の新庁舎と豊島区発祥のサクラ（ソメイヨシノ）の図案。そうなると、変形印のツツジとサクラが重複するので、詩歌の先生はいい顔をしないかもしれない。

ラストは、⑧**東京芸術劇場郵便局**の風景印。

豊島区は妙にルールが多いというか、ツツジの呪いがかかっている風景印の区であることがわかった。風景印から見えてくることもあるのだなあと感慨深くなった。ちなみに、

⑥西池袋郵便局

⑦豊島区役所前郵便局

こういう平行世界は嫌いじゃないです。面白いから。

⑧東京芸術劇場郵便局

豊 島 区

①池袋駅前郵便局

〒170-0013　東京都豊島区東池袋１－17－１

②池袋サンシャイン通郵便局

〒170-0013　東京都豊島区東池袋１－20－３

③南池袋郵便局

〒171-0022　東京都豊島区南池袋２－24－１

④サンシャイン 60 内郵便局

〒170-6090　東京都豊島区東池袋３－１－１

⑤豊島郵便局

〒170-8799　東京都豊島区東池袋３－18－１

⑥西池袋郵便局

〒171-0021　東京都豊島区西池袋３－22－13

⑦豊島区役所前郵便局

〒171-0022　東京都豊島区南池袋２－30－17

⑧東京芸術劇場郵便局

〒171-0021　東京都豊島区西池袋１－８－１

北区

北区。今日は別の意味でも楽しみがあった。ポケモンGOと一緒の、はじめての遠出だったからだ。

志茂駅で下車した私は、**北志茂一郵便局**[①]に向かった。

平日の午前中、道中は人通りも少なく、ポケモンも現れないまま、あっという間に目的地に到着。

少しレトロな建物の郵便局はポケストップ（必要なアイテムを手に入れることができる場所）である公園の隣にあり、中に入ると、局員さんたちが涼しげに働いていて、いい郵便局だと直感した。

早速風景印を押してもらう。
岩淵水門と水上バスの図案。私は水場モチーフが好きなのでうれしい。

郵便局を出てから、せっかくなら川の近くを通って王子方面に向かおうと思い、その方向に歩いていく。川が好きだし、水場には水場のポケモンが現れると何かで読んだからだ。

川沿いを歩くと、さっきのゼロポケモンが嘘だったかのように、水に関連するポケモンがどんどん出現する。

グーグルマップとポケモンマップを両方開いて歩いていたのだが、途中からグーグルマップの音声ガイドを俄然無視しはじめ、もうポケモン世界の地図しか見なくなった。それでも問題なかった。なぜなら公園や神社や様々な場所のほか、郵便局の多くがポケストッ

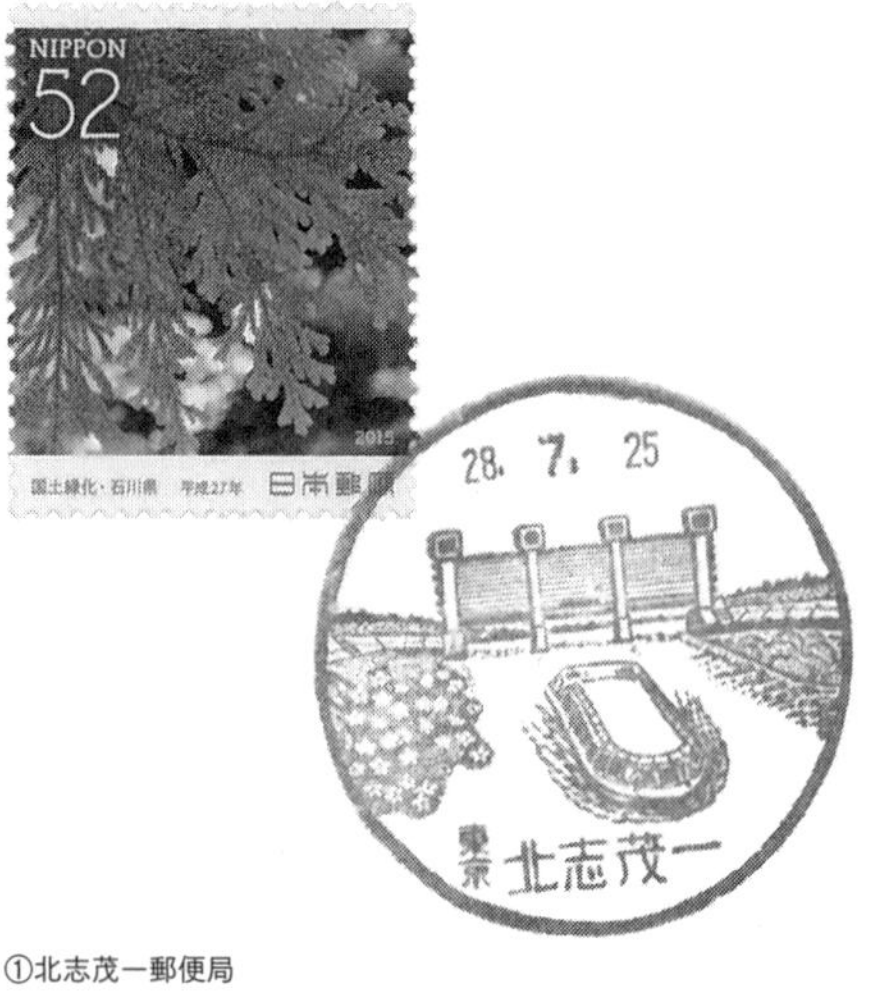

①北志茂一郵便局

プに登録されているため、ゲーム上のポケストップをたどっていくと、目的地に着けるのである。風景印ゲットとポケモンゲットの親和性の高さよ。

そうやってたどり着いた**王子郵便局**[②]。

風景印の図案は、名主の滝と音無橋だそう。見ていると、なぜかラーメンやラーメンのお碗の模様が頭に浮かんでくる。

風景印をお願いした女性局員さんは、明らかに気乗りしておらず、カウンターの奥でも同僚の男性局員さんに気乗りしない胸の内を伝えているように見えたのだが、押した後、

「うん、うん、だいじょうぶ、だいじょうぶ」

と風景印を見ながらうなずいており、これは期待できると思いました。

期待通りでした。

続いて、**王子五郵便局**[③]。

②王子郵便局

さっき通ってきた隅田川と新神谷橋（ポケモン世界で橋を渡ろうとしている私の図はかなりかっこよかった）と水上バスの図案。ちょっとぼわあとしているけど、霧の日の風景だと思えばいいですね。

王子駅に着き、王子神社の通りの向かいにある④**王子本町郵便局**へ。

ここでお願いした女性局員さんは「研修中」の名札を付けていて、なんと初風景印だった。

彼女の試し押しが曲がっていたため、横で忙しく働いている先輩が判子の上の印を指し、

「ここを上に合わせないと曲がっちゃうから」

と口を添える。

「なるほど、わかりました、ありがとうございました」

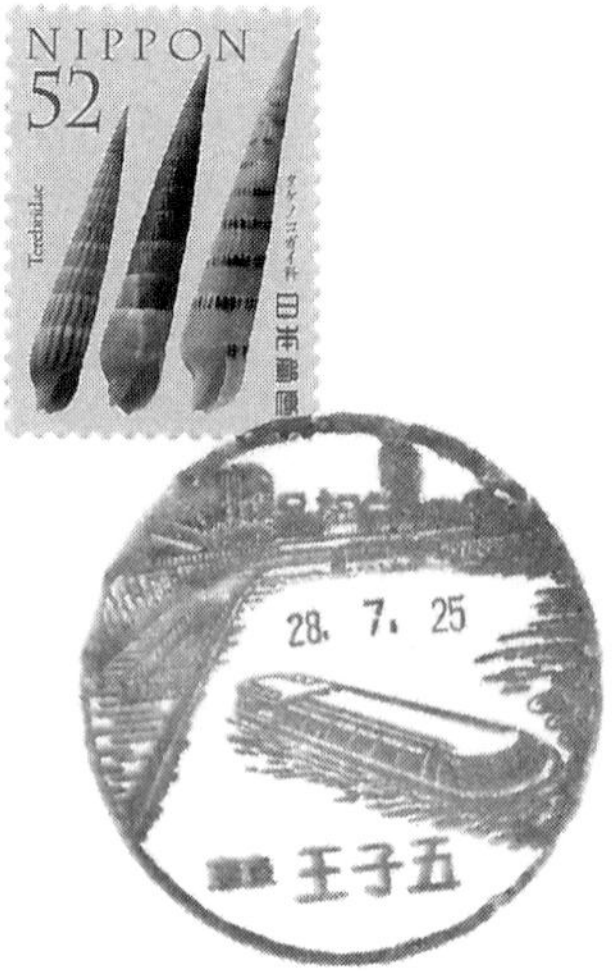

③王子五郵便局

とぎこちない手つきでさらに何回か練習。ちょっとだけ心配だったのだけど、出来上がりは非常に美しかった。これからもどんどん風景印を押しまくって欲しいです。

名主の滝公園と私の大好きな都電荒川線の図案。私の脳内では、新しく郵便局員となった人は必ず風景印研修を受けることになっていたので、ぶっつけ本番を目撃して驚嘆した。

そのままちょっと歩いて、音無橋を渡り、⑤**飛鳥山前郵便局**へ。ここは変形印だった。図案はまたもや都電荒川線と飛鳥山にある三つの博物館。博物館に行きたかったけど、月曜日は休館だった。

ここで今日の風景印ゲットは終了。

狸家でめちゃくちゃかわいい狸最《も》中《なか》を買ったり、石鍋久寿《くず》餅《もち》店で豆寒天を食べたりして

④王子本町郵便局

一休みしてから、ポケモン世界ではその時かなり熱い場所となっていた飛鳥山公園（無料モノレール「アスカルゴ」は素晴らしいな！）で、しばらくゲームを楽しんで帰った。飛鳥山公園の遊具の造形に胸打たれた。人魚とかあるの。

⑤飛鳥山前郵便局

北 区

①北志茂一郵便局

〒115-0042　東京都北区志茂１－３－９

②王子郵便局

〒114-8799　東京都北区王子６－２－28

③王子五郵便局

〒114-0002　東京都北区王子５－10－８

④王子本町郵便局

〒114-0022　東京都北区王子本町１-２-11

⑤飛鳥山前郵便局

〒114-0023　東京都北区滝野川２－１－10

板橋区

電車が高島平駅に近づくと、白い壁の巨大な高島平団地が見えてくる。

停車する頃には、片側の窓一面が団地でいっぱいになるくらいだ。

電車を下りると、迷わず、団地の方向に歩いていく。

いくつも棟がある団地には、下の階にスーパーなどのほか、クリーニング屋や床屋など小さな店舗が入っている棟もあるが、まだ八時半なので、ほとんどのお店が閉まっている。仕事や学校に向かう人たちとすれ違いながら、団地棟の中庭にある公園を歩き、ベンチに座る。管理人らしき男性が、砂場を箒で掃いている。

団地棟の反対側の通りには、図書館や児童館が並んでいて、さらにその先に[1]**板橋西郵便**

局がある。

まだ時間外窓口しか開いていなかったので、すぐそばにある赤塚公園を歩いた。鬱蒼として、とてもいい公園だった。ひまわりもまだまだ元気。とんぼが飛んでいるのを、今年はじめて見た。

九時になったので、板橋西郵便局に入る。女性局員さんに風景印をお願いすると、棚から風景印を取り出し、衝立の奥で作業をはじめた。

背中だけが見えたのだが、とても長い間判子をぽんぽん紙に押しつける動作を繰り返している。まるで流しでひたすら米を研いでいるような動きだ。首を傾げて、何度か顔を出しては、また米研ぎに戻る。

これは朱肉問題だなと思いながら待っていたら、

「すみません、インクの出が悪くって、こうなっちゃったんですが、いいですか」

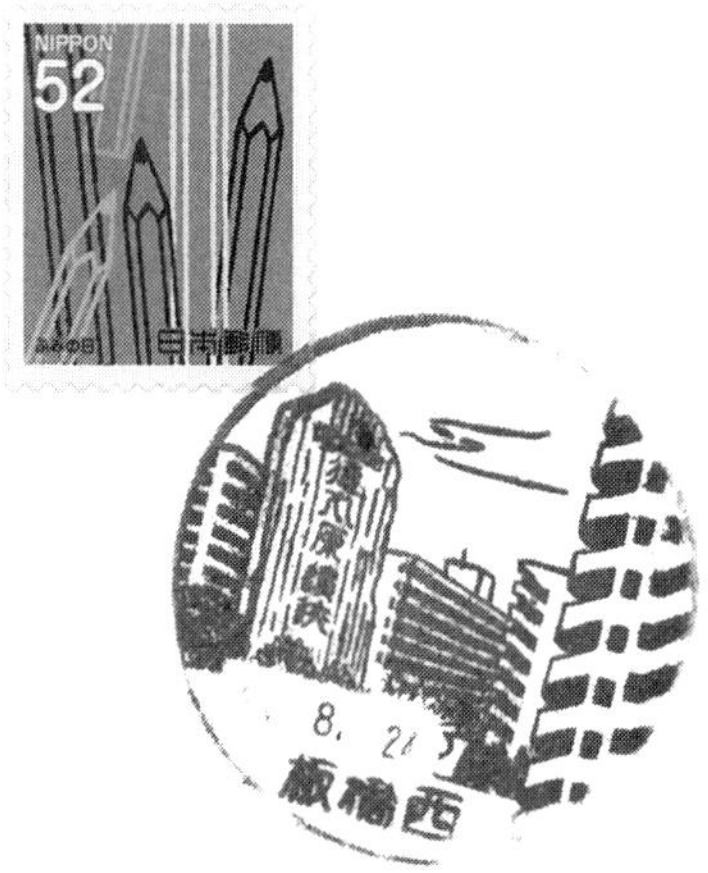

①板橋西郵便局

と言いながら、戻ってきた。

何度試し押しをしてみても、まわりの丸い輪郭が消えてしまうそう。なんとなく想像がついていたので、

「わかりました、大丈夫です」

と受け取る。

図案は、高島平団地と徳丸ヶ原公園の中にある徳丸原遺跡碑。団地の風景印、いいね。


表に出ると、赤塚公園を抜けて、都道446号を上っていく。

坂道の途中に続いていた壁には植物の蔓が盛大に垂れ下がっていて、点在する空き地はどこも植物が厚く繁茂していて、圧倒される。公園も多いし、これまでのどの区よりも緑豊かで、ワイルドな印象を受けた。蔓や枝が絡まり合って、植物のお化けみたいになっている状態を何度も目にした。好き。

坂を上りきって、しばらくすると、**板橋赤塚郵便局**[②]が見える。

一見すると、普通の二階建ての日本家屋だったので、家じゃん！ と思う。前に乗用車が一台停まっているのもマイホームっぽい。

中に入ると、壁も砂壁風のテイストに障子付きの窓だし、ソファがでんと隅に置かれていて、家じゃん！　とさらに思う。

風景印を押してもらっていると、

「風景印を押してください」

と、年配の女性がカウンターに現れる。

「切手の真下に押してください、こんな風に」

と、見本を手渡している。

カードの大きさが私の使っているものよりも一回り小さい風景印ジャストサイズで、あれ、いいな、と離れたところから羨望の眼差しで見た。履いていた赤い運動靴が、とても歩きやすそうだった。

図案は、風景印に書かれているように、東京大仏と区花のニリンソウ。図案の説明が書かれているとわかりやすい。

②板橋赤塚郵便局

ここで大きな道から右に逸れて、東京大仏前に向かう。せっかくなので、東京大仏を見ようかなと思い。

そこまでの道のりもとにかく緑深く、東京大仏のある乗蓮寺（ハスがきれい）も緑深く、さらには近くにある赤塚植物園（こんなに素敵な場所が無料というミラクル）で緑を盛大に浴び、板橋区は最高だなあとメロメロになった。

赤塚植物園で、さっきの赤い運動靴の女性に再会し、趣味が同じなんだなと思った。向こうもそう思ったかもしれない。

最後に、バイパスを越えて、西高島平駅の方向の途中にある③**板橋高島平郵便局**に寄る。

風景印をお願いすると、女性局員さんが押しながら、

「歩いて郵便局を回ってるんですか？

③板橋高島平郵便局

まだまだ暑いから大変ですね」

と声をかけてくれる。

図案は、風景印に書かれているように、高島平団地とけやき並木。団地がほとんど隠れるほど木々が生い茂り、板橋区の緑の感じがよく表れているなとしみじみ感じた。

カウンターにある飴を勧めてもらい、駅までの道のりを、

「左に行って、歩道橋があるから、それをこう渡るんです」

と、その場にいた局員さん三人が全員揃って鋭いアーチを描く手振りで説明してくれた。すごく優しくしてもらった。

教えてもらった通りに左に進むと、教えてもらった通りに大きな歩道橋が現れた。渡りながら、局員さんたちの手振りのアーチがいかに的確だったか、体感した。

板 橋 区

①板橋西郵便局

〒175-8799　東京都板橋区高島平３－12－１

②板橋赤塚郵便局

〒175-0092　東京都板橋区赤塚６－40－11

③板橋高島平郵便局

〒175-0082　東京都板橋区高島平５－10－11

練馬区

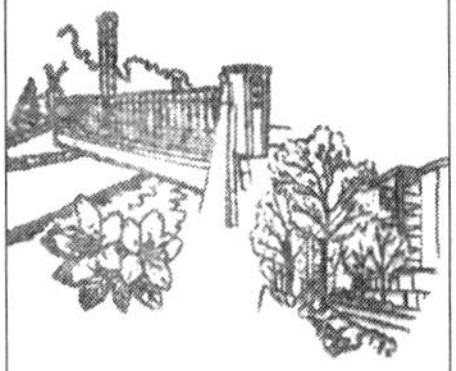

とにかく天気が悪い週だった。
今日も予報だと雨だったのだが、朝起きてみるとぎりぎり大丈夫そうだったので、急いで大泉学園駅へ向かう。
駅の改札を出ると、『銀河鉄道999』の車掌さんの絵と「アニメ発祥の地　練馬区」と書かれている駅名のプレートがあり、あら、そうなんだと思う。
少し前に東京に遊びに来た友達から、泊まった家が大泉学園駅というところにあって、近くの牧野記念庭園がとても良かったと聞き、それはもしかして牧野富太郎の庭園じゃないか、行きたい！　と思っていたため、まずは記念庭園へ。

牧野記念庭園は、静かな住宅街の、牧野富太郎が生前住んでいた場所にある。庭園内には、センダイヤザクラなど、牧野博士が発見したり、命名した植物が生い茂り、展示室には資料もたくさん。博士が植物と一緒に撮った写真がどれも満面の笑みで、どんだけ好きなんだと感心した。

朝ごはんなのか、スーツ姿の男性が展示室の外のベンチでパンを食べていた。彼の秘密のお気に入りスポットなのだろうか。いい場所を見つけたな。私ももしこの近所に職場があったら、ここで食べると思う。

郵便局に向かおうと、もう一度駅前に戻る間に、ぽつぽつと小雨が降りはじめる。私は手が塞がるのが嫌で、小雨の時は極力傘をささないことにしているので、そのまま歩いていく。そもそも天気が悪いとわかっていたのに、なぜ雨合羽や傘を持ってこなかったのだろうか。見た瞬間、鹿だ！　と思って買ったものの、なかなか着る機会のない、鹿柄の雨合羽を着る絶好のチャンスだったのに。

駅の反対側に出て、しばらく歩くと、**練馬東大泉三郵便局**[1]に到着。

図案は、駅前の風景と牧野記念庭園の入り口にあった看板がわりの石碑。そして区花のツツジ。

郵便局にいた年配の男性のキーチェーンが『魔法使いサリー』に登場するカブだったことに、アニメ発祥の地を感じた。

郵便局を出ると雨脚が強まっており、みんな、当たり前だが、傘をさしている。

さすがにこれはきついなあと雨宿りしながら先に進む。心が揺れてコンビニで傘を買おうかと一瞬考えたが、微妙に弱まる瞬間もあって、タイミングを逃した。

途中で、着ていたカーディガンを真知子巻きにしてみたら、いい感じだった。

人とすれ違う時も、普段なら、そっちが避けろ的な、強めなテンションの人も、頭にカ

①練馬東大泉三郵便局

ーディガンを巻いた人間が相手だと、俺には傘あるもんな、という表情で率先して避けてくれた。

続いて、②**練馬東大泉四郵便局**。

図案は、学園橋と学園通り、アンド区花。

このあたりの郵便局の名前には、練馬大泉四郵便局と練馬東大泉四郵便局があり、さらには練馬大泉二郵便局と練馬東大泉二郵便局もあるので、待ち合わせをしたら大混乱しそう。

このあたりで雨に疲れてきたのだが、最後の気力を振り絞って歩き、③**大泉郵便局**に飛び込む。

牧野記念庭園にある本人の銅像と石碑、そしてセンダイヤザクラという、今日訪れた中で一番牧野記念庭園から遠い郵便局が、最も牧野富太郎度が高い図案だった。ここまで来て良かった。

②練馬東大泉四郵便局

限界を感じたので、郵便局のすぐ近くにあったバス停でバスに乗り、駅前に戻る。

最後に北口にあるアニメゲートを見た。『鉄腕アトム』や『うる星やつら』などの銅像のほか、関連するアニメの年表があった。『魔法使いサリー』を見て、さっきの年配の男性のことを思い出した。

駅の改札の中にも『銀河鉄道９９９』の車掌さんの大きなフィギュアがあり、この駅いいなとうらやましくなりながら、写真を撮って帰った。

③大泉郵便局

練馬区

①練馬東大泉三郵便局

〒178-0063　東京都練馬区東大泉３－19－14

②練馬東大泉四郵便局

〒178-0063　東京都練馬区東大泉４－31－８

③大泉郵便局

〒178-8799　東京都練馬区大泉学園町４－20－23

足立区

①**綾瀬駅前郵便局**は、名前の通り、綾瀬駅の駅前にあった。
空いていたのですぐに応対してもらえた。

女性局員さんは、風景印を押したカードを返してくれながら、

「つきたてなので、ティッシュで押さえますか?」

とにこにこ言う。

見ると、こんなにフレッシュな朱肉ははじめて、というくらい、インクがつやつやしていて、静かに感動した。朱肉を新しく交換したばかりなのかもしれない。

東京武道館と桜の図案も、隅々までくっきり。ただ、何の図案か知らなかったので、第

一印象は大きな岩か氷河的なものかと思ってしまった。

乾くのをそのまましばらく待ったのだが、なかなか乾かない。

局員さんにもらったティッシュでそっとカードを包むようにして、郵便局を出る。やはり新しい朱肉っていいものだとしみじみ思いながら。


そこから、綾瀬川とその上にかかっている高速道路をたどるようにして、②**足立西加平郵便局**へ向かう。

高速道路の柱が並んでいる、川沿いの堤防に茂っている植物が荒々しくて良かった。枯れた後も、そのまま立ち続けているアザミの格好良さにしびれた。しばらくここで写真を撮った。

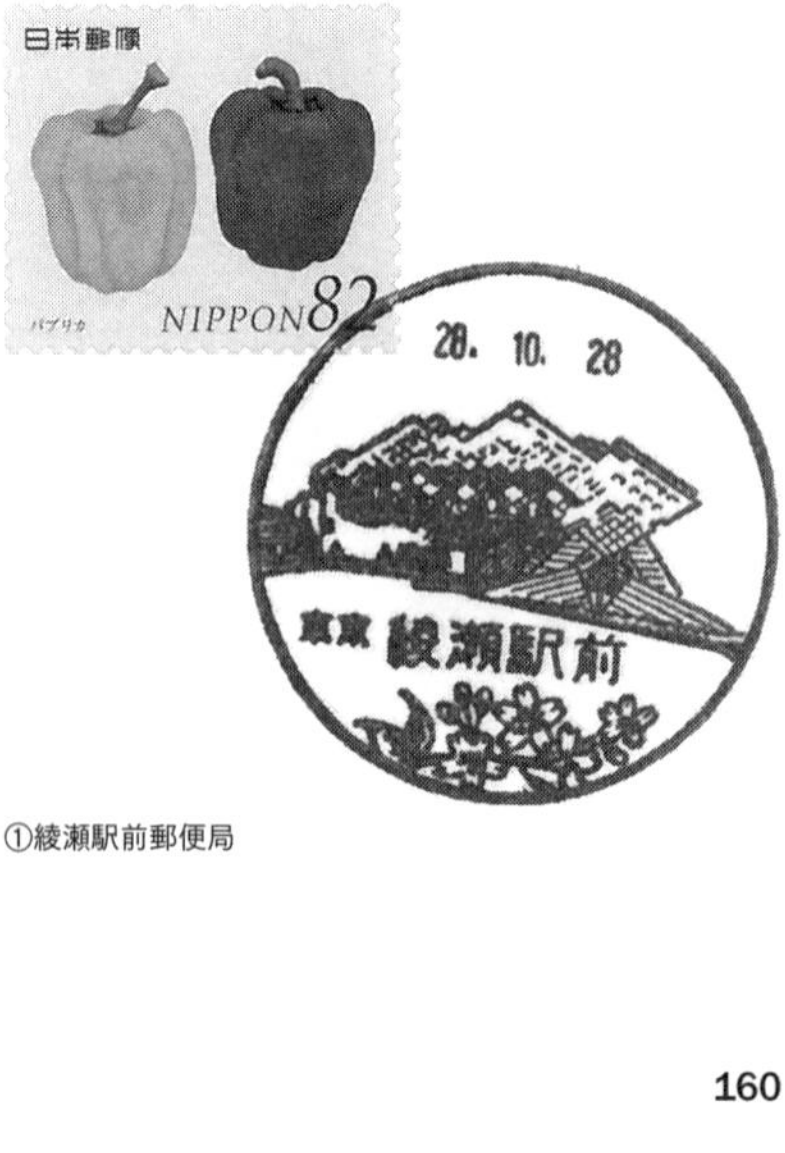

①綾瀬駅前郵便局

途中で雨が降りはじめ、仕方ないので傘をさす。寒いし、テンションがぐっと下がる。

住宅地にあった「HAPPY VENDOR」と書かれた古い自動販売機が、飲み物がまったく補充されないまま、現役の自動販売機と並んでいて、悲しい自販機だなと思ったりしているうちに、ようやく足立西加平郵便局に到着。

ここは、すぐ近くにある加平インターチェンジの図案のはずなので、楽しみにしていた。

カードを渡すと、男性局員さんが押す準備をはじめ、横で女性局員さんが作業を見守りはじめた。それを私は離れたところから見守った。

男性局員さんは、

「ちゃんと練習しないときれいに」

と言いながら、何度か試し押しをして、うまく出なかったところがあるのか、ピンセットで判子の掃除をしたりしているようだった。

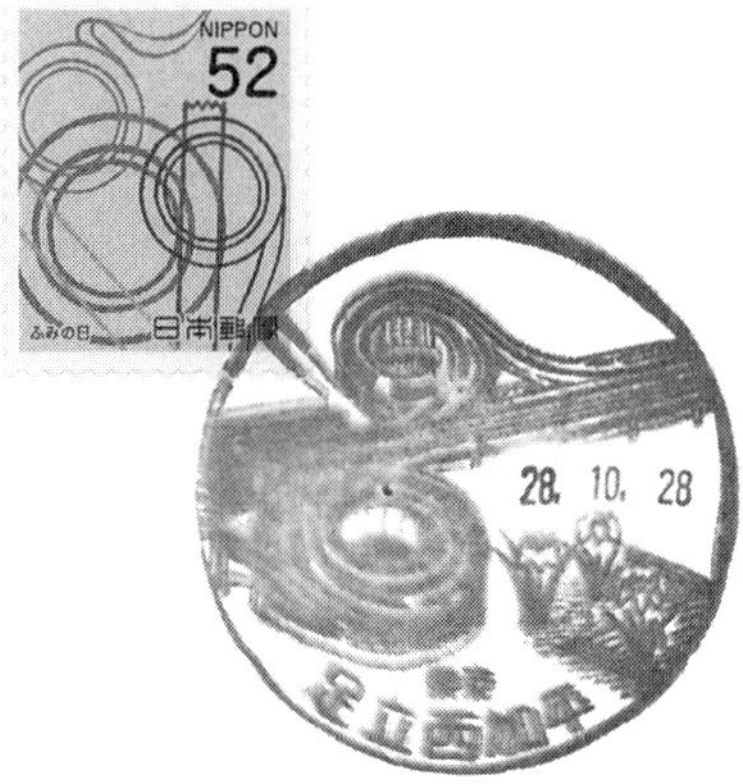

②足立西加平郵便局

それを見ながら、女性局員さんが、

「あらー、きれいですね、どんどん絵が出てきましたね」

と称えている。

男性局員さんは、

「もうちょっと練習してもいいですか」

とさらに試し押し。

「あらー、きれいですね、どんどん絵が出てきましたね」というコメントも不思議だし、こんなに念入りに練習しているのはめずらしいなとちょっと訝しんでいると、作業が終わった。

上から見るとうずまき状というか、植物のゼンマイが二つ連なったような加平インターチェンジそのままの図案なのだが、雨で疲れていたこともあり、できあがりを見て少し悲しくなってしまった。

朱肉の古さ、そして判子自体の古さが織りなす悪循環。まるで外の雨でにじんだみたいだ。

前にも書いたと思うが、風景印は無料であり、郵便局のサービスである。業務を中断して風景印を押してもらわなければならないので、申し訳ない気持ちもある。

でも、日に何人も来なくて難しいのかもしれないけど、風景印を収集している人は遠方からこのためだけに訪れたりもするわけだし（私も電車に一時間弱揺られてきた）、特にこの郵便局は細かい図案を採用しているわけだし、さすがにちょっとどうかなー。予算が厳しいんでしょうか。

今回は、風景印の天国と地獄を味わった気分だ。

郵便局を出ると、高速道路沿いに戻り、すぐ近くの加平インターチェンジまで歩く。もちろん地上からだと楽しいうずまき部分は見えないけれど、重なったジャンクションを、雨の中、しばらく眺めた。

足 立 区

①綾瀬駅前郵便局

〒120-0005　東京都足立区綾瀬４－５－２

②足立西加平郵便局

〒121-0012　東京都足立区青井４－45－６

葛飾区

柴又駅の改札を抜けると、観光客に囲まれた寅さんの銅像が待ち構えていた。

改札横すぐにある喫茶店の名前は「さくら」だ。『男はつらいよ』シリーズは十代の頃にテレビでやっていたのを何度か見たことはあり、なるほど「さくら」ね、寅さんの妹の名前ね、とわかるくらいの知識はあるのだが、個人的な思い入れがゼロであるため、駅前の案内図まで何の感慨もなく移動。

①**葛飾柴又郵便局**と帝釈天はどちらも駅からすぐの距離にあったので、まずはとりあえず帝釈天に行ってみることにした。

参道は、寅さんグッズ溢れるお土産物屋が左右に並び、頭上には「寅さんサミット」のポスター。どんなサミットなのか、私には皆目見当がつかない。想像すると、寅さんとまったく同じにつくられたクローンたちが、大きなテーブルを囲んでいる図しか頭に浮かばない。

観光客の年齢層が明らかに高い。

みんな華やぎがあり、とても楽しそう。この楽しそうな感じを共有できないという一抹の寂しさを覚えながら、帝釈天にお参りする。境内にあった案内図の絵が、ものすごく荘厳なタッチで描かれていた。

せっかくなので、本堂に入り、朱印をお願いする。待っている間、読経をなんとなく聞いていたら、何を言っているのかほとんどわからないお経の途中に、「お父さんお母さんの言うことをよく聞き～」という一節が組み込まれ、面白かった。そういえば、七五三だった。ほかの人たちも笑っていた。

①葛飾柴又郵便局

帝釈天を出てから、葛飾柴又郵便局に向かう。

さすがに道を逸れると、寅さんパワーから生まれる活気が減った。

小さな葛飾柴又郵便局の局内には、「四季おりおりの〈手紙〉をより楽しいものにするために、風景入り通信日付印を御利用ください」という言葉とともに、風景印の図案の入った額縁が飾られていた。風景印フレンドリーな郵便局だと感じた。

図案説明によると、「帝釈天本堂を描き、南天を配す」とのこと。

早速押してもらったが、とても美しいできあがり。

すっとした印象の、眼鏡に一つくくりの女性局員さんに風景印をお願いしたのだが、風景印の美しさにはじまり、この人のお茶目かつ、爽やかな応対にすっかりファンになってしまった（すぐ知らない人のファンになる）。

この人から切手を買いたい！　と強く思い、まだ買っていなかった、熊とかぶどうとかきつねとか、童話を思わせる素敵な絵柄の、秋の切手を買った。


もう一度電車に乗り、一駅先の京成金町駅で降りる。

京成電鉄に乗るのもはじめてだったのだが、まだ車内に扇風機がついていたりして、とても良かった。

京成金町駅の北側に広がる大きな団地群に圧倒されながら、**葛飾東金町二郵便局**②へ。

ここで早速、さっき買ったかわいい秋の切手を使う。

しばられ地蔵とオニバスと松浦の鐘の図案。これがなぜオニバスだとわかったかというと、この後行った水元公園にある水生植物センターで現物を見たからです。オニバス、すごく大きかった。

というわけで、葛飾東金町二郵便局から再び駅前に戻り、案内地図を見た私は、地図上に発見した水生植物センターという場所にどうしても行ってみたくなった。この街にまたすぐ来られる気がしないし、今しかない。

②葛飾東金町二郵便局

勢いでバスに乗り、水元公園へ。

近くにあった③**葛飾水元郵便局**でも風景印をもらった。

図案は、水元大橋と松浦の鐘としょうぶの花。

ここで今日の風景印収集は終了し、いそいそと、水元公園の中にある水生植物センターを見学。

展示自体は小さかったが、周辺に生息する水生植物や生き物を見ることができた。このあたりの小学生は、理科の宿題で必ずここのお世話になっていそうな、アットホームな雰囲気。水色のジャンパーを着たおじさんたちが、楽しげに働いていた。

それから、紅葉がはじまっていた水元公園を歩きに歩いた。

広くて、抜けがあって、最高。

風景印の図案になっていた水元大橋も水元公園にあるので渡ってみた。ものすごく気持

③葛飾水元郵便局

ちが良かった。こんな素晴らしい公園が近所にあって、毎日散歩できるなんて、うらやましくてならない。私は急に思い立って、一時間くらい近所を散歩することがよくあるのだが、ここに来たい、切実に来たい。

そういえば、公園近くの南蔵院にあるしばられ地蔵も見た。風景印通りの、縛られぶりだった。

葛 飾 区

①葛飾柴又郵便局

〒125-0052　東京都葛飾区柴又４－10－７

②葛飾東金町二郵便局

〒125-0041　東京都葛飾区東金町２－17－13

③葛飾水元郵便局

〒125-0033　東京都葛飾区東水元３－４－18

江戸川区

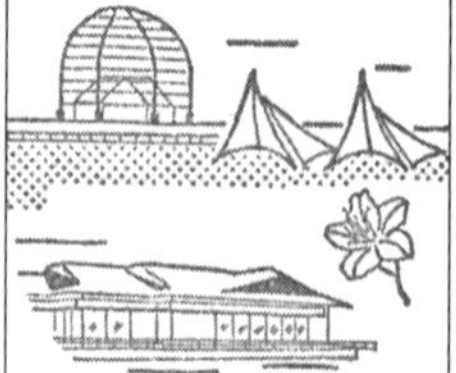

朝の京葉線の車内は、ほとんどの人がキャリーバッグを携えていて、ディズニーリゾートに向かっているのが一目でわかった。

家族と一緒の女の子のリュックには、ケーキの箱についているようなレースと水玉のリボンが留められていて、クリスマスの包装だったのかなと思った。手にはくまのぬいぐるみ。

葛西臨海公園駅で降りようとすると、まさかこの駅で降りる人がいると思わなかったようで、ドア付近の人たちは誰も動こうとしなかった。みんなの心は、ディズニーリゾートへ向けて一直線だった。

ちょうど朝の九時。葛西臨海公園は閑散としている。

本当は公園を回りたかったのだけど、時間があまりなかったので、今日はすぐに公園の反対側に歩きはじめる。駅に向かう人たちと、たまにすれ違う。

団地の脇の小道が、すぐそこが駅前だとは思えないくらい鬱蒼としていて、とても良かった。

しばらく歩いて、学校の向かいにある[①]**江戸川南葛西六郵便局**に到着。

年末なので、とんでもない列ができていて、風景印なんて頼んだらめちゃくちゃ迷惑をかけるんじゃないかと怯えていたのだが、朝一だったせいか、誰もいない。

「こんな感じでいいですか」

と、女性局員さんがさくさくっと押してくれた。

①江戸川南葛西六郵便局

図案は、葛西臨海公園と富士公園の聖火ランナーの像とフラワーガーデンの薔薇など。富士公園のパノラマシャトルが芋虫みたい。こういう細かい意匠好き。

学校前のバス停でタイミング良くやって来たバスに乗り込んで、葛西駅まで行く。そこから、まずは東西線に乗って、西葛西駅に移動。

クリーンタウンという広大な団地群を目指したのだが、途中にあった公園の遊具が恐竜のかたちをしていて、最高だった。これは近所に欲しい。離れがたく、しばらくうろついた。

葛西クリーンタウン内郵便局[2]は、その名の通り、クリーンタウンの敷地内にある。スーパーマーケットなどもあり、とてもいい雰囲気だった。

この郵便局も、まだそこまで忙しそうじゃなかった。年賀状を買う人たちがちらほらいる。私はもう何年も前に、年賀状を送る、という行為を諦めたので、今では年賀状を買う人たちを見ても、

②葛西クリーンタウン内郵便局

まったく焦った気持ちにならず、別の惑星での出来事のように眺めてしまう。

風景印をお願いする。

受け取った眼鏡の女性局員さんは、カウンターの奥でデスクワークをしていた男性局員さんに、さっと託す。

ここは、団地群のすぐ横にある江戸川区球場と、陸上競技場の図案。緑の多い街の感じもいい。

郵便局を出ると、鼻を赤くした女の子が自転車で前を横切る。まだ朝の空気だ。

もう一度恐竜の公園を通って駅に戻り、今度は駅の反対側に向かう。

ちょうど用事があった銀行が並んでいたのではしごしたのだが、こっちはそれなりに混んでいた。

後ろに並んでいた年配の女性が私との距離を何かと詰めてこようとするのだが、ここを詰めても何も変わらないんだ。この距離を詰めようとする人はスーパーマーケットのレジでもたまに遭遇する。気が急くのだと思うが、ここを詰めても何も変わらないんだ。

大きな団地やアパートを、いくつも通過する。

一階にいろんな国のお店が入っている巨大な団地があって、とても楽しそうだった。

江戸川北葛西三郵便局[③]は、水色の建物だった。

女性局員さんが、

「うまく押せるかどうか」

と言いながら、押してくれた。

そして、満面の笑みで渡してくれた。ここも穏やかな空気があった。師走感ゼロ。素敵だ。

自然動物園と平成庭園の図案。二つの世界を、線を引いて明確に分けているのが、逆に風景印の中では珍しいように感じた。水陸で分けているようにデザインしたところも、工夫が見える。

郵便局のすぐ隣が自然動物園だったので入ってみる。

いきなり予定にない猿やアシカを見ている自分になったので、不思議な気持ちだった。

入り口には、「2017年　おめでとうございます」という看板がもう出ていた。

③江戸川北葛西三郵便局

そこから一直線に葛西駅の方向に歩き、最後の目的地である④**葛西郵便局**に到着。

十一時近くになり、しかも大きな郵便局なので局内に人も多く、さすがに師走らしさが少しだけ生まれていた。

よく考えると、この江戸川区の回で風景印を二十三区分集めたことになり、この郵便局でもらう風景印が、この連載最後の風景印になる。

せっかくなので鯛の図案の切手を買って、その場で貼り、そこに押してもらった。ここも後ろでデスクワークをしていた男性局員さんが押してくれた。カウンターには列ができている。

はい、めでたい。

図案は、葛西臨海水族園と行船《ぎょうせん》公園の源心庵、そして区花であるツツジ。区花がツツジである区って多いんだな、とこの連載を通して学んだ。ここの風景印も、モチーフの分け

④葛西郵便局

方に、さっきの江戸川北葛西三郵便局と似たセンスを感じた。

そう思って、今日もらった四つの風景印を見返してみると、どれもテイストは違うけれど、空間の切り取り方にそれぞれ気を配っているデザインであるような気がした。


今日の印象は、いつ忙《せわ》しなさが襲ってくるのかわからないので、みんなためらいなく、さっと押す感じがあった。出来上がりはどれもきれいだ。

葛西郵便局を出る時、入り口に二人並んで立ち、入ってくる人に挨拶をしていた男性局員さんの片方が、

「うーん、カレーうどんかなあ」

と言っているのが聞こえた。今日のお昼だろうか。

私はそのままさらに葛西駅方向に歩き、インド料理屋でビリヤニを食べて帰った。

江 戸 川 区

①江戸川区南葛西六郵便局

〒134-0085　東京都江戸川区南葛西６－７－４

②葛西クリーンタウン内郵便局

〒134-0087　東京都江戸川区清新町１－３－９

③江戸川北葛西三郵便局

〒134-0081　東京都江戸川区北葛西３－１－32

④葛西郵便局

〒134-8799　東京都江戸川区中葛西１－３－１

もう一度、新宿区へ

前回、東京の二十三区をすべて制覇し、これが最後の風景印です、とフィニッシュした私だったが、実は一つ後悔していたことがあった。

私は新宿区編で、時節的にも良かろうと、オリンピックに合わせて取り壊しになった国立競技場の図案の風景印をもらいに行った。それはそれでもちろん良かったのだが、新宿区といえば、新宿駅周辺の高層ビルの中にある郵便局に風景印が高い確率で設置されており、中にはなにやら個性的なものもあるそうな。

というわけで、新宿のビル内郵便局の風景印を集めまくりたい！　という、ずっとくすぶっていた気持ちを叶えてきました。

西口方面に歩いていくと、まずは①**新宿三井ビル内郵便局**に到着。

地下にある郵便局だった。

ボブヘアーの女性局員さんに風景印をお願いすると、

「番号札を取って、しばらくお待ちください」

とのことだったので、待つ。

自分の番になったので、同じ局員さんに、

「この右下あたりにお願いします」

とさっきの続きのつもりで話しかける。

「えっと、風景印ですか？」

と一瞬戸惑った様子だったので、あれとよく見ると、さっきとは違う局員さんだった。

髪形と毛量がよく似ていた。

①新宿三井ビル内郵便局

説明する必要もなく、新宿三井ビルの図案。そして、ここも、俺んちの窓から富士山見えるもんねスタイル、を採用。

風景印を渡してくれながら、

「寒い中ありがとうございます。この辺の郵便局、結構風景印あるんですよ」

と、局員さんが笑顔で言うので、

「今から回ろうと思っていて」

と答えると、

「ありがとうございます」

と敬礼してくれた。風景印に対して、こんな当事者意識のある局員さんははじめてだ。最終回にこの人に出会えて良かった。

お次は、通りを渡ってすぐの新宿アイランドタワー。

アイランドタワーという軽みを帯びた言葉と

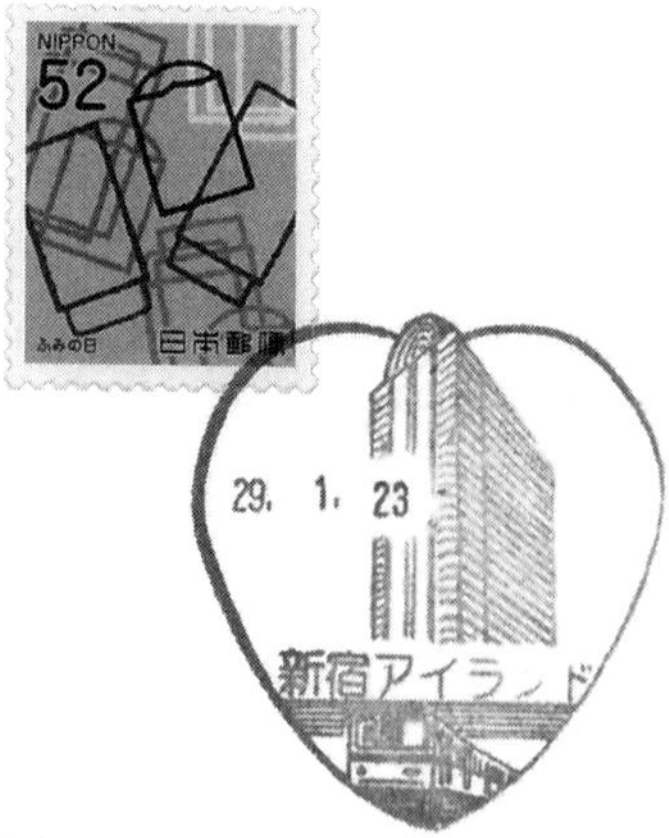

②新宿アイランド郵便局

裏腹に、エントランスには重厚な黒い石に「アイランドタワー」と刻み付けられていた。

②**新宿アイランド郵便局**は二階。八人待ち。混んでいる。私の前の人も風景印を頼んでいた。

ここの風景印は、なんと枠がハートのかたちをしている。弱々しいハートなのが面白い。図案のアイランドタワーがハートの頂点を突き抜けているところにも、謎の自由を感じる。どうしてハートのかたちなのかと一瞬考えたが、『二人の愛ランド』から連想したのかな、としか浮かばなかったので、もう考えないことにした。

少し歩いて、都庁へ。

よく考えたら都庁に来たのははじめてかもしれない。中は、見学の人たちでがやがやしていた。

警備員の人が要所要所に配置されているので、ちょっとびくびくしながら、一階の隅にある③**東京都庁内郵便局**に入る。

③東京都庁内郵便局

場所とは裏腹に、穏やかな雰囲気の中、風景印を押してもらう。

図案は、はい、都庁です。

帰る時、都庁内の本屋にはどんな本があるんだろうとちょっと入ってみたら、ビジネス関連書や政治家の本に混じって、自分の本が一冊あったので、え、いいんですか、とたじろいだ。


通りを渡り、**新宿第一生命ビル内郵便局**④へ向かうが、その途中で子どものように転び、手のひらから流血する。

止まらない血を見ながら、風景印を押してもらった。

新宿中央公園にある銅像（あとで公園を歩いて実際に見た）から望む小田急新宿第一生命ビルの図案。銅像がビルを指差しているように見えて、いい構図だなと思った。

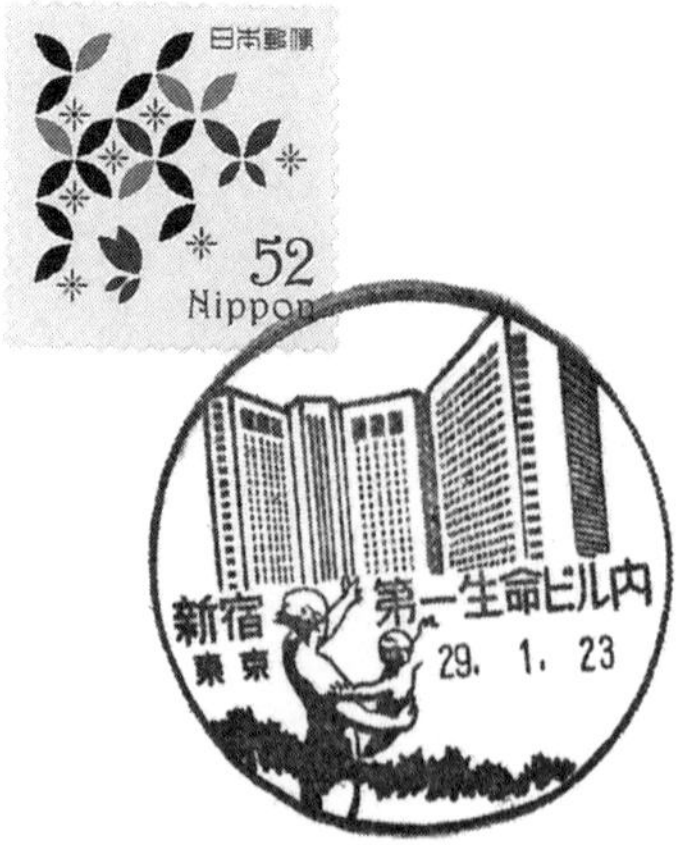

④新宿第一生命ビル内郵便局

ここまでの四つはわりと至近距離にあったのだが、次はさらに西に向かい、少し離れたところにある新宿アイタウンを目指す。こっちにもこんなにビルがあったのかと、とても新鮮だった。

新宿アイタウン郵便局⑤は一階フロアにあり、外からすぐにわかった。

ここの風景印も、枠が変わっている。提灯の中に、アイタウンとこぶしの花。こういういろんな変形印があるとすごく楽しい。

⑤新宿アイタウン郵便局

朝から歩き回っていたのだが、お昼時になったので、前から行ってみたくてたまらなかった、コチンニヴァースという小さなインド料理店に向かう。このお店の周辺に行く用事がなかなかこれまでなかったので、どうしても行きたかった。

念願のお店でランチを食べる。ただ、前夜つくったサラダに入れた玉ねぎを水に浸けている時間が短かったらしく、口の中がヒリヒリして、味覚が微妙に麻痺していたため、ちゃんと堪能することができなかった。また再チャレンジしたい。

新宿駅に戻る途中で、ＫＤＤＩビル内郵便局⑥と新宿郵便局⑦に寄った。

どちらも新宿のビル群の図案。

私は建物の図案が好きなので、最終回の今回、ビルの図案の風景印がたくさん手に入って、とてもうれしかった。あと、普段入る用事のない高層ビルに堂々と入ることができたのも良かった。これはぜひともトライして頂きたい。

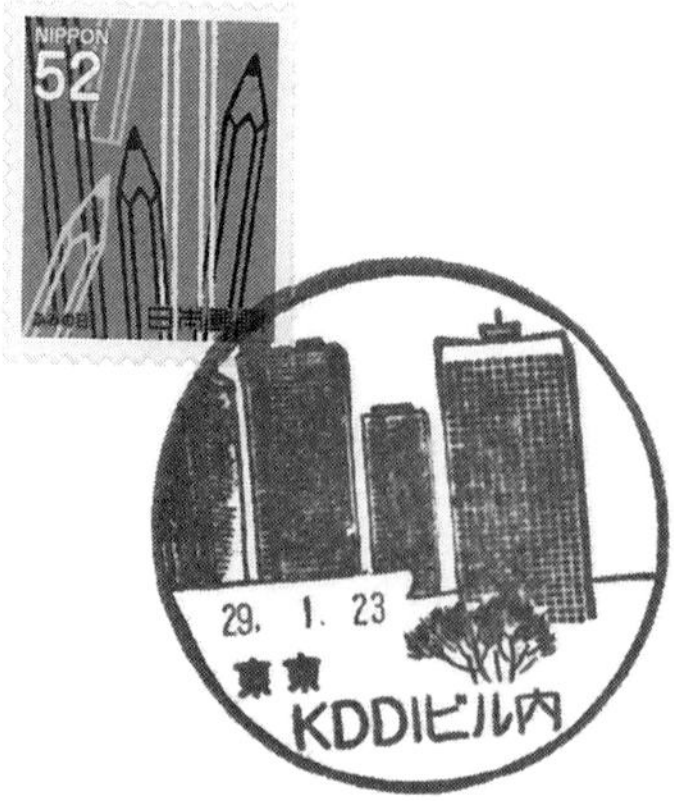

⑥ KDDI ビル内郵便局

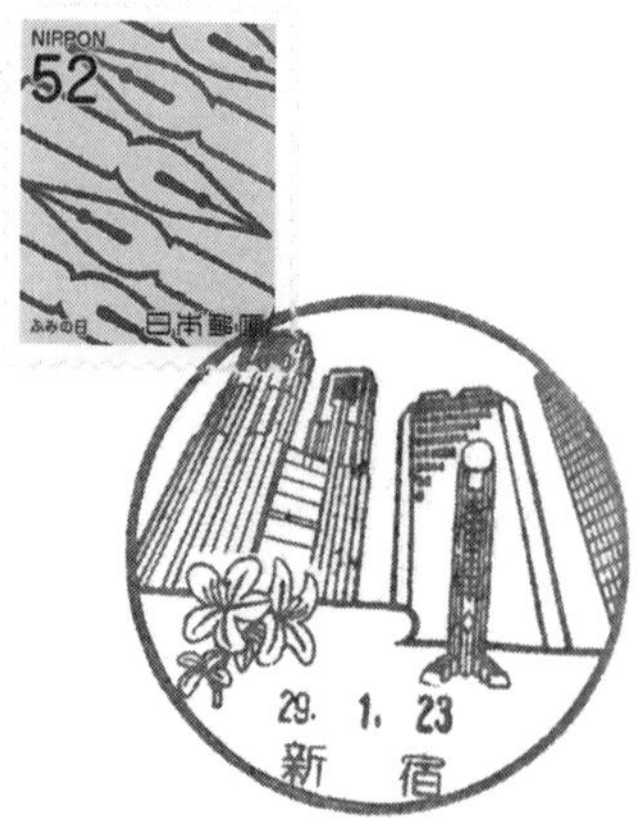

⑦新宿郵便局

もう一度、新宿区へ

①新宿三井ビル内郵便局

〒163-0401　東京都新宿区西新宿2－1－1

②新宿アイランド郵便局

〒160-1302　東京都新宿区西新宿6－5－1

③東京都庁内郵便局

〒160-0023　東京都新宿区西新宿2－8－1

④新宿第一生命ビル内郵便局

〒160-0701　東京都新宿区西新宿2－7－1

⑤新宿アイタウン郵便局

〒160-8012　東京都新宿区西新宿6－21－1

⑥ KDDI ビル内郵便局

〒160-0023　東京都新宿区西新宿2－3－3

⑦新宿郵便局

〒160-8799　東京都新宿区西新宿1－8－8

番外編

吉祥寺（武蔵野市）

吉祥寺駅の北口を出る。

昔は井の頭線沿線に住んでいたので、よく吉祥寺に来ることがあったのだが、引っ越してからはもう長い間来ていなかった。

私が知っている頃は、駅前は改修工事をしていたので、工事が終わり、すっきりした状態の駅前を見て、終わって良かったたね、という気分になる。

横断歩道を渡ると、途中にある中央分離帯のような駅前広場に、去年亡くなった井の頭自然文化園の象のはな子さんの銅像ができていた。

ちょうど信号が赤になって待たなくてはならなかったので、しばらく銅像を見る。

私の後ろにあるベンチでは、スーツ姿の男性がパンを食べていた。小雨が降り出しているのに、悠々と食べていた。

吉祥寺駅前郵便局[①]は、商店街の中ほどから横道に逸れてすぐのところにあった。

近くにミスタードーナツがあり、羨望の眼差しで見た。私は今住んでいる街にミスタードーナツがないことが日々残念でならない。

小さな郵便局に入ると、とても混雑している。作業テーブルでカード数枚に今日の分の切手を貼っていると、同じくテーブルで作業している、知り合い同士ではないらしい女性二人が、

「クーラーが冷たすぎたので」

「私にはちょうどいいもんで」

「ああ、そうですか」

①吉祥寺駅前郵便局

と、なんとも言えない微妙なテンションの会話をしていた。見ていなかったけど、推察するに、どちらかが変なタイミングで位置移動をしたようだ。

風景印をもらうのは久しぶりだけど、もう勝手知ったるという気持ちでカウンターの眼鏡の女性局員さんにカードを渡す。

受け取ってもらった後、少しして呼び戻される。

「あの、今ハガキの切手の代金が62円に変更になったんですよ、なので横に10円切手を貼ってから、押してもいいですか?」

と言われ、思わず、「うぎゃっ」と声が出る。そういえば、そんなことあったよね。切手を二枚貼った状態で風景印を押してもらうのをこれまでできるだけ避けてきたので、今郵便局にある62円切手を見せてもらったところ、とてもファンシーなマカロン柄か、通常の桜の切手しかなく、桜でもいいかなと思いつつ、同時にもったいない病も発症したため、結局今のカードに10円の切手を貼って押してもらう。

図案は能面、月窓寺の境内、吉祥寺薪能《たきぎのう》の能舞台、薪火など。すごくきれい。ドヤ顔で貼った52円切手が恥ずかしい。

次は**吉祥寺本町二郵便局**②に向かう。

郵便局があるのは、かつてよくうろうろしていた通りだったので、懐かしくて、雑貨屋などいくつかお店に入ったりしてみる。

ちょうどお昼時だったので、郵便局の向かいの食堂の外にあるテーブルを囲んで、スーツ姿の男性たちが楽しそうに食事をしているのが、とても良かった。

郵便局の中は、吉祥寺駅前郵便局と対照的にとても閑散としていた。

さっき調子に乗って52円切手を貼ってしまった数枚のカードのうち一枚を差し出し、再び10円切手を足して、押してもらう。

待っている間、壁に貼ってある発売中の切手を見ていたら、国土緑化の62円切手を見つけた。せっかくなので買った。

風景印の図案は、月窓寺の観音に、白鳥ボートが浮かんだ井の頭恩賜公園の池。

応対してくれたのは、とても淡々とした男性局員さんだったのだが、朱肉の色合いも

②吉祥寺本町二郵便局

淡々としている。

慣れた道を歩き、ふらふらと買い物をしながら、次の郵便局に向かう。

雑貨店のサンクでは、こういうハンカチが欲しかったんだ！　とインド綿の大きめのハンカチに一目惚れし、その場にある全色買いをした。

パン屋のダンディゾンは外にある階段を降りていった地下にあるのだが、降りていると、前を歩いていた上品な雰囲気の女性が、ちょうど中ほどあたりで立ち止まり、

「すいません、ここパン屋さんよね？　ちょっと不安になっちゃって」

と私を振り返って聞いてきた。その気持ち、わかると思った。

中に入って、いろいろ選ぶ。久しぶりにここのパンを買えてすごくうれしい気持ちになった。階段の女性も、気になるパンについてお店の人にたくさん質問しながら、選んでいる。パンは最高。

吉祥寺本町郵便局[③]は、大きめな通りに面してあった。

52円切手を貼ってしまったカードを横目に、新たにさっき買った62円切手をカードに貼

って、押してもらう。

少し離れたところから見ていたら、男性局員さん、押し終わった後に、うおー、セーフ、の顔をした。

図案は、成蹊大学のケヤキ並木。木立の張り巡らされ方が細かい。


郵便局を出て、南下していく。この途中でも、偶然見つけたメキシコ雑貨のお店で、楽しげな骸骨や果物の壁飾りなど買ってしまった。

途中、フレッシュネスバーガーで休憩しながら、中央本線を過ぎたあたりにある**吉祥寺**④**南町郵便局**に到着。

またまた62円切手を貼って、風景印を押してもらう。カードがバトンリレーのように女性局員さん三人の手を渡って、奥にいる誰かに届けられた。

③吉祥寺本町郵便局

その見えない局員さんが押してくれた風景印の図案は、五日市街道ＪＲ中央線ガードと電車、そして旧本宿の大ケヤキ古木。このケヤキの木は東京都指定の天然記念物らしい。

返してもらった風景印を局内のイスに座って、うちわを振るようにして乾かしていたら、一番手前に座っていた女性局員さんが、

「ティッシュいりますか？」

と無表情で手渡してくれた。

これで今日の風景印収集はおしまい。

この後、夕方から駅前のロシア料理店カフェロシアで打ち合わせがあり、まだ約束の時間まで一時間ぐらいあったが、疲れ切っていたので、はやめに行ってお茶でもしていよう

④吉祥寺南町郵便局

と、最後の気力を振り絞ってたどり着く。

地下のお店の店内にはちょうどお客さんが誰もいなかった。

差し出されたメニューがランチメニューだけだったので、編集者のIさんが来る前から、一人がっつりボルシチとピロシキとシチューを食べることになった。私はスープが大好きなので、コースの中にボルシチとシチューという、スープ的なものが二つもあるロシア料理は本当に素晴らしい料理だと思った。

一時間後、ロシア人のスタッフさんたちのおしゃべりと赤を基調とした小さなお店に流れるダンスミュージックを聴きながら、めちゃくちゃおいしいボルシチを食べていたら、やってきたIさんに入ってくるなり笑われた。

吉 祥 寺 （ 武 蔵 野 市 ）

①吉祥寺駅前郵便局

〒180-0004　東京都武蔵野市吉祥寺本町１－13－４

②吉祥寺本町二郵便局

〒180-0004　東京都武蔵野市吉祥寺本町２－26－１

③吉祥寺本町郵便局

〒180-0004　東京都武蔵野市吉祥寺本町２－31－15

④吉祥寺南町郵便局

〒180-0003　東京都武蔵野市吉祥寺南町５－１－７

姫路市

その時書いていた『おばちゃんたちのいるところ』という小説の取材で、姫路に行くことにした。私は姫路の街で育ったのだが、もう十何年以上訪れていなかったので、いろいろと思い出せないことがあったのだ。せっかくなので、取材のほかに、風景印ももらう計画を立てた。

朝の九時前に新幹線が姫路に到着。構内に置いてあった記念スタンプを持ってきた手帳に押してみるが、驚くほど、薄い。というか、ほとんど全然出ない。朱肉が乾いてスカスカすぎて、どれだけ放置されているのか思いを馳せた。

南口を出て、早速①**姫路市役所前郵便局**へ向かう。

懐かしいかなと思い、市役所にも入ってみたのだが、特に市役所の思い出がなかったので、懐かしくはなかった。

市役所からすぐそばの郵便局に入る。

一応聞いてみたのだが、姫路城の切手はないということだったので、手持ちの切手をカードに貼り、マスクをした茶色い髪の女性局員さんに風景印をお願いすると、

「よろしければ、座ってお待ちください」

と言われる。でも、切手を見ているふりをして、カウンターに居続けた。久しぶりに姫路弁を聞いたので、なんだか耳慣れない気分になった。

見ていると、局員さんは帳簿のようなものを出し、風景印を押すと、自分の名前の印鑑を二箇所に押した。それから後ろに座っている上司らしき男性局員さんに帳簿を持ってい

①姫路市役所前郵便局

く。今度はその人が帳簿に印鑑を押していた。

これでようやく押す前の段取りが終わったらしく、マスクの局員さんは再びカウンターに戻ってくると、風景印を私のカードに押してくれた。

図案は、姫路城、鷺草、手柄山中央公園にある太平洋戦全国戦災都市空爆死没者慰霊塔。まったくの偶然だが、貝殻の切手と姫路城と鷺草のフォルムがどこか似ていて、ぴったりだった。そして、風景印の扱いが丁重だっただけあって、とてもきれいな出来。

駅前まで戻り、西口に出て、取材として姫路モノレール跡（これは本当に不思議なものですよ）や十二所神社（お菊神社と「烈女　お菊」と力強い言葉が彫られた碑などがある）を見てから、姫路城の方向に向かう。姫路にいると、どこからでも城が見えるので、すごく便利。改修が済んだ後は、いくらなんでも白すぎるとしばらく話題になっていたが、もうだいぶ落ち着いた白色に見えた。

姫路郵便局②は、姫路城の手前にある、私がかつて何百回も通った公園の向かいに面した大きな郵便局で、ここは覚えていた。でも風景印があることなんて、その頃はまったく知らなかった。

入って聞いてみると、ここにはさすがに姫路城の切手シートがあったので、二シート買う。早速姫路城の切手をカードに貼って、カウンターの男性局員さんに渡すと、カードを見て、

「これ、なんですか？」

と怪訝そうな顔で言われた。姫路で風景印を収集している人たちは、どうやって集めているのだろう。

風景印を押してくれた女性局員さんは、

「これでいいでしょうか」

と言いながら、渡してくれた。

そういえば、これまでの経験だと、そう聞いて、いやです、押し方が気に入りません、などと言われても困るので（切手を貼っているからお金も発生しているし）、あんまりう

②姫路郵便局

まく押せなかった場合も、朱肉が薄かった場合も、基本的には、みんなそこは断固として返してくる。風景印を集めていくうちに、私の中でも、ことがどう運んでも受け入れるという姿勢が育まれていった。なので、たまにこういう風に聞かれると、新鮮な感じがする。

この風景印は、姫路出身の版画家、岩田健三郎さんが図案者だそうだ。こういうパターンもあるんだな。

図案は、姫路城と、姫路市の蝶であるジャコウアゲハがデザインされている。子どもらしき人物たちが忍者っぽい頭巾をかぶっているようにも見えるが、姫路城にいた忍者をイメージしているのだろうか。

郵便局を出て、これで姫路の風景印収集は終了。

この後、取材として、姫路城、姫路市立動物園、姫路市立水族館、手柄山温室植物園と、かつて姫路の子どもとして繰り返し足を運んだ場所を二日にわたり巡礼し、東京に帰った。

あ、あと社会科の宿題などでよくお世話になった兵庫県立歴史博物館に記念スタンプがあったので押してみたら、それも朱肉がスカスカだった。

姫路市

①姫路市役所前郵便局

〒672-8049　兵庫県姫路市佃町72

②姫路郵便局

〒670-8799　兵庫県姫路市総社本町210

富岡市

この頃翻訳していたカレン・ラッセルの『レモン畑の吸血鬼』という短編集の中に、「お国のための糸繰り」という、日本の富岡製糸場がモデルの短編があった。せっかくなので、富岡製糸場を見に行くことにした。

富岡製糸場は、できるだけいい部分だけをアピールしようとしていて、施設内の紹介ビデオでも、女性たちの悲惨な労働環境などについてまったく触れておらず、同じく映像を見ていた知らないおじさんが、隣にいた妻らしき女性に「『女工哀史』感ゼロだな」と、思わずつぶやいたくらいだった。そこはきれい事にせず、歴史的事実としてしっかりと伝えて欲しい、それでこそ世界遺産、とフラストレーションを感じたが、当時のまま残っている工場や建物、絹糸をつくる工程など、見ることができて本当に良かった。

富岡郵便局①は、富岡製糸場を出て、土産物屋が並んでいるあたりにあった。

ストックしていた富岡製糸場の特殊切手シートをうっかり持ってくるのを忘れてしまったので、女性局員さんに尋ねたところ、同じシートがあるとのこと。

シートごと買おうとして、

「一枚ください」

と伝えると、

「どれがいいですか？」

という返事があり、戸惑う。確かシートは一種類だけだったはずだ。

「どれがいいですか？」

と局員さんはまた言って、富岡製糸場のシートを見せてくれる。

風景印に必要な数だけ、シート内か

①富岡郵便局

ら選んでいい、ということだとわかり、感動してしまった。

この特殊切手シートは一枚ずつ図案が違うし、残った切手はちゃんと売れるんだろうか。

特殊切手シートを、こんな風にして売ってもらったのは、私ははじめてだった。

あわわわと動揺し、思わず四枚風景印を押してもらってしまった。

風景印の図案は、富岡製糸場と、繭と絹糸、そして妙義山。

同じく風景印を集めている友人へのお土産にしようと思ったのだが、あげていないままだ。いまだにこの四枚の風景印を見ると、特殊切手シートをバラ売りしてくれたという感激で胸が熱くなる。

富 岡 市

①富岡郵便局

〒370-2399　群馬県富岡市富岡 1022

＊本書は、「東京新聞ほっとＷｅｂ」連載「東京23話　しるしのある風景」（二〇一五年三月～二〇一七年二月）を加筆修正の上、書き下ろし（番外編）を加えたものです。

松田青子
MATSUDA AOKO
★

一九七九年、兵庫県生まれ。同志社大学文学部英文学科卒業。著書に『スタッキング可能』『英子の森』『ワイルドフラワーの見えない一年』（以上、河出書房新社）『おばちゃんたちのいるところ』（中央公論新社）、訳書に『はじまりのはじまりのはじまりのおわり』（アヴィ＝作／トリシャ・トゥサ＝画／福音館書店）『狼少女たちの聖ルーシー寮』『レモン畑の吸血鬼』（以上、カレン・ラッセル／河出書房新社）『AM／PM』（アメリア・グレイ／河出書房新社）、童話に『なんでそんなことするの？』（ひろせべに＝画／福音館書店）、エッセイ集に『読めよ、さらば憂いなし』（河出書房新社）『ロマンティックあげない』（新潮社）がある。

東京《とうきよう》　しるしのある風景《ふうけい》

★

二〇一七年一一月二〇日　初版印刷
二〇一七年一一月三〇日　初版発行
著者★松田青子
装幀・本文レイアウト★名久井直子
装画・本文挿画★小幡彩貴
発行者★小野寺優
発行所★株式会社河出書房新社
東京都渋谷区千駄ヶ谷二-三二-二
電話★〇三-三四〇四-一二〇一［営業］〇三-三四〇四-八六一一［編集］
http://www.kawade.co.jp/
印刷★株式会社亨有堂印刷所
製本★加藤製本株式会社
Printed in Japan
落丁本・乱丁本はお取り替えいたします。

ISBN978-4-309-02633-6